マドンナメイト文庫

昭和美少女 強制下着訪問販売

高村マルス

目次

contents

昭和美少女 強制下着訪問販売

第一章　恥辱の下着訪問販売

「さぁ、服着替えて、支度しなさい。朝言ってたでしょ」

守川直美《もりかわなおみ》が学校から帰ってくると、母親がセールスの営業用のスーツを着て待っていた。

「わかってるわ」

冷蔵庫を開けて冷たいジュースを出していると母親に急《せ》かされて、直美はちょっと眉をひそめた。着替えるように言われたのは、昨日渡された提灯《ちょうちん》袖が可愛い、よそ行きのピンクの半袖ブラウスだった。

直美の父親は一月ほど前の六月に入ったころ、仕事が性格に合わないと言って突然会社を辞めた。母親の牧子《まきこ》はまもなく離婚して、女性下着の訪問販売の仕事を始めた。社宅を出てアパートに引っ越した。六畳一間だけのアパートだった。

母親が販売するのは、女性用の補正下着やセクシーなランジェリーだが、女性客だけでは売り上げが少ないので、男性客にもセールスをしている。昭和四十四年。日本は高度経済成長の時代に入って、いざなぎ景気と言われる好景気が続いていた。仕事を持っている女性はまだごく少数だったが、訪問販売に従事する女性の割合は比較的多かった。

母親は原色のブルーのブラウスと、やや派手な白いスーツの上下を綺麗に着こなしている。夏向きですがすがしい感じがすると直美も思うが、スカートはすそ丈が短いタイトミニだった。直美は母親が仕事を始める前は、そんなスーツ姿でいるのを見たことがなかった。

お母さん、最近人が変わったように懸命に働いてる……。直美から見てそんな印象で、会社で売り上げの成績がかなりいいらしい。会社で表彰されたと聞いていた。ただ、客のところへなぜ自分も行かなければならないのかわからなかった。

今朝、ランドセルを背負ってアパートの狭い玄関を出る前、直美は母親から数年前に妻を亡くしたという男性の客のところへいっしょに行くように言われた。午後いったん家に帰って待っているから、学校が終わったらぐずぐずしないで早く帰ってこいと言われていた。

直美は何かおかしいと思いながらも、昨日一度着てみたピンクの半袖ブラウスに着替えた。提灯袖と胸のレースのひらひらがおしゃまで可愛い。

「下はこれよ」

母親が包装を破って水色の襞スカートを出してきた。新しいのはブラウスだけかと思っていたが、幼稚園児が穿くような超ミニスカートを渡された。

ショートパンツを脱いで、母親が穿けと言うその超ミニに脚を通した。

「短いっ、パンツが見えちゃう！」

恥じらって声をあげる。左の可愛い八重歯が覗いた。直美は天真爛漫《てんしんらんまん》というほどではないが、明るい表情の少女である。苺《いちご》のように赤い唇が愛らしい。

手をお尻のほうに回して触ってみた。パンティの丸いすそとスカートのすそがほぼ同じ位置にある。

前屈《かが》みになってみると、後ろから簡単にショーツが覗けてしまいそうな気がした。

肩より少し下まである髪が胸の前に来ている。最近までツインテールにしていたが、長くなってきて男の子に引っ張られたりするので、分けたり編んだりもせずにまっすぐにしている。

「笹間《ささま》辰夫《たつお》さんていう人だけど、前にも買ってくれてるから、今日も電話したら来て

ください って……」

　母親が車のキーを持っていることを確認して、大きなアルミ製のアタッシェケースを手に提《さ》げた。会社から支給されているもので、年配の社員が一度家に来たとき持っていた革製よりチープな感じだが、真新しくて頑丈そうで、けっこう頑張って仕事をしている感じがした。母親はずっと給料のいいお客さん相手の仕事に就《つ》きたかったろうと話していたが、年齢オーバーでだめだったと言っていた。たぶん水商売のことだろうと思ったけれど、それは訊《き》かなかった。

「わたし、行って何するの？」

　今朝も質問したことだった。

「いいから、お母さんの横に座ってればいいのよ」

　母親はまともに応えてくれない。仕事を手伝わされるような気がするが、なぜなのかわからない。しつこく訊くと怒られそうで、直美は黙ってついていくしかなかった。いっしょに外へ出ると、夏の強い日射しでスベスベした二の腕の産毛がキラキラした。

　直美は身長が百四十六センチで、身体は年齢から見てごく平均的な体格をしている。頬に子供肉がついてふっくらしていた。お尻は腰のほうまで少女の丸みを帯びている。

乳房はやや発育して円錐形に膨らんで飛び出していたが、まだブラジャーが必要なほどではない。

小さいころ親が心配するくらい内股気味だった。眼がぱっちりして大きく、人形のようだと言われ、少々うるさいくらい活発な性格だったが、最近は落ち着いてきた。今は内股は治って、まっすぐ脚を伸ばして歩いている。曲がっていないスラリと長い脚は歩き方まで大人っぽく見えた。

直美は大人を困らせるようなこまっしゃくれたようなところはなく、少女らしい整った可愛い顔立ちだが、美人タイプか可愛いタイプか今はまだわからない。

「地主で資産家だと聞いてるわ。先代までお百姓さんで、先祖の土地を守ってきたのでそうでもなかったようだけど。××バスのバスターミナルができるとき、そのあたりの土地を持っていたから、そこ売ってお金持ちになったようね。大きなお屋敷みたいなお家に住んでる人よ」

母親の話を聞かされながら、車を停めているところまで歩いていった。

直美は母親が運転する会社の車に初めて乗せられた。

「アパート経営とか駐車場とかもやってるみたいで、羽振りがいいそうよ。バスターミナルの近くに大きな駐車場があるでしょ。それも経営してる。そこに車停めて、歩いてすぐよ」

母親の話を黙って聞きながらも、直美はお金持ちの客のところに連れていかれる意味がわからないし、母親とその客との関係にもちょっと疑問を感じはじめていた。

母親が販売しているランジェリーは、上に着る服の滑りをよくして着やすくするためや、男性から見てセクシーに見えるようにするための下着だと聞かされていた。男性客への販売は、妻や恋人用のランジェリーとして勧めているが、その実、男性に楽しんでもらうために売っているという。

(その人、ひょっとしたらエッチなんじゃないかな？ 女の下着が好きなのかもしれない。前にもそのランジェリーというのを買ってるから……)

直美はそんなふうに思った。

二十分くらい経《た》っただろうか、その駐車場に入った。車を降りて、そこから少し歩いた。

母親の後ろからついて歩くと、タイトミニのスカートに大人のヒップラインがはっきり出ていて気になった。母親は前に飛び込み営業だからちょっと大変なのと言っていた。飛び込みとは何か訊くと、事前に行く約束をせずに訪問してセールスすることだという。相手が警戒して何度も門前払いに遭《あ》ったと言っていた。

歩いて五分もしないうちに、男性客が住む家が見えてきた。

「うわ、大きな家。古い感じ……」

大きいとは聞いていたが、こんなにとは思わなかった。敷地が広くてすごい感じがする。普通の二階建てくらいの家やアパートなどとはまったく違う古い日本家屋だった。

大きな門から入って玄関まで行くと、五十歳くらいの大柄で薄毛が目立つ男が現れて、じっと見下ろされた。

直美は緊張して、つぶらな瞳を何度も瞬きさせた。

「こないだは高価なものを買っていただきました。いつもご贔屓《ひいき》にしていただいてありがとうございます」

「ああ、上下のランジェリーね。あれはバーのマダムにあげちゃったよ」

「そうですか、喜ばれたでしょう？」

母親は話す声が妙に女らしく、ひとつオクターブが高くなっている。

「うむ、着せてみて、身体中撫でてやった」

「まあ」

横に立っているからよくわからなかったが、母親は満面の笑みになっているような気がした。大人のエッチな会話を聞かされて直美は眼をキョロキョロさせた。

母親と玄関を上がって、笹間という男の後ろについてまっすぐ廊下を行き、突き当りの広い客間に入った。奥まで入ったので、直美はちょっと恐くなった。そこは訪問販売員を通すようなところではないような気がした。

部屋の一角に床の間がある。床板の真ん中にある花瓶に梅か何かの枝が一本挿してあった。壁には掛け軸が掛けられている。

男は隅にある大きな箱型の冷房装置のスイッチを入れて、床の間を背にして座布団を敷いて座った。そこは上座で普通は客人が座るのかもしれないが、訪問販売員なので主人の笹間がでんと座っている。

畳は真新しくてい草の匂いがする。冷房のゴオン、ゴオンという少し重い音が聞こえてきた。

「お嬢ちゃん、お座布団使うかい？」

「いえいえ、いいですよ」

直美が応える前に、母親が手を振って遠慮した。

母親は正座になったときからミニスカートのすそが上がっていた。アタッシェケースから商品の下着を出そうとして脚が開いたが、直美から見ると、客の笹間からパンティが覗けているのがわかった。気をつけていればそういう格好にはならないのにと、母親の不用意な行動に疑問を感じた。

アタッシェケースの中には、色とりどりの下着がたくさんあって、笹間はちょっと前屈みに覗き込んだ。

母親は派手な装飾の多いブラジャーやショーツ、ベビードールを出して、笹間にそれらがよく見えるように広げて見せた。

「買っていただけるなら、こないだのように……」

「こないだのように、何だ?」

「全部脱いで、試着してご覧に入れます」

母親は男の耳元に口を寄せて言った。その声は直美にも聞こえた。笹間に身体を近づけて、色っぽいセールステクニックを駆使している。客に対する話し方や仕草に、直美は子供ながら妙な色っぽさを感じた。

男の手が母親の胸にすっと伸びてきて、乳房を掴《つか》むのが見えた。直美は「えっ」と小さく声を漏らした。

母親は「脱ぎますから」と笑みをこぼし、すぐに服を脱ぎはじめた。全部脱いでという声は直美の耳に聞こえていた。母親は男の前でパンティもブラジャーも脱いで、全裸の姿を晒した。

直美は「やーん」と悲しいような音色の声を披露して、しばらく絶句してしまった。

眉をひそめて見ていた直美に、母親は「うふっ」と、ちょっと誤魔化すような笑い方をしてみせて、レースで透けたセクシーなショーツとブラジャーを試着した。

母親は恥ずかしがる様子もなく、セクシーランジェリーの姿で笹間の前に立った。手招きに応じて近づき、さっき触らせたバストにまたタッチさせた。総レースのブラジャーに包まれた乳房は、何度かギュッ、ギュッと揉まれた。

「あは、あぅ……」

母親は溜め息を漏らし、舌先で上唇を舐めた。乳房を振って笹間に誇示したりして、直美は見ていて恥ずかしい思いになる。

母親は後ろ姿も見せて、レースで透けているむっちりと張ったお尻を故意に突き出す破廉恥なポーズを取った。横に張った大きな女尻は、笹間の手でぐるぐると撫で回されていく。

「ランジェリーは自分で着て心地よさ、セクシーさを試しています。お客様の喜ぶ顔を見るのが嬉しいんです」

そう言って、営業スマイルを見せた。

「いい心がけだな。普通の水商売女よりずっといい。女にはけっこう金を使ってきたが、何か新鮮で興奮できる」

「まあ、お好きですねえ」

「むふふ、ふふふふ」

母親は直美が見ている前で、笹間に尻や乳房を嬲《なぶ》るように揉まれ、少し痛そうな顔になっている。

「ベビードールもいかがでしょうか？」

「うむ」

母親はショーツとブラジャーの上に、赤いレースの縁取りが付いた黒のベビードールを羽織った。

「いちだんとセクシーになったな。全部買ってやる。その代わり、ここがじっとりするまで触らせてもらうぞ」

「ど、どうぞぉ……」

母親がまた色っぽい声を出して言うと、すぐさまベビードールのすそが捲られて、股間にスポッと手が入れられた。

「例の三億円の犯人、ずっといい思いしてるんだろうな。今もウハウハで」

笹間は去年の十二月に起こった三億円事件のことを言いながら、母親の秘部を弄《もてあそ》んだ。この時代、大卒の初任給は三万四千円くらいで、三億はとんでもない大金だった。

「金が一番。こうして楽しめる」

笹間は直美のほうをジロリと見た。直美は耳をふさぎたくなるだけでなく、その視線に気持ち悪さと屈辱を感じた。

前にも裸になって派手な下着を穿いて見せていたのだろう。ランジェリーで熟れた女体を艶めかしく飾り、触られても笑っている母親が恥ずかしくて仕方がなかった。

母親は夫から養育費が払われていないこともあって、家計が苦しいから少々無理をしなければいけないと言っていたが、直美はまさかそんなことまでしているとは思っていなかった。

購入と引き換えに裸になって試着して見せるやり方で売りつけていたが、直美もそれが恥ずかしいだけではなく、会社の仕事としてやってはいけないことだと感じていた。

上下の下着とベビードールが三つとも売れてしまうと、

「子供用のセクシーショーツもいかがですか？」

母親が男に勧めた。直美はドキリとした。急に不安になってくる。

「直美ちゃん、パンツ脱いでこれを穿いて」

ツルツルした生地のショーツを渡された。

「外国製のシルクのパンティです」

母親が言うと、直美が手にしているパンティに笹間が眼を輝かせて興味を示してきた。

「ほう、子供のパンツとは思えないくらい綺麗だな」

直美が顔を赤くして握っているそのシルクのショーツをじっと見ている。直美は自分も下着を試着させられることになって、ようやく今日ここに連れてこられた理由がわかった。今穿いているのはコットンの白い女児ショーツだが、生地の厚いやぼったい幼児用ではなく、コンパクトな三角形のショーツだった。幼児が穿くような下着は去年までは親が買っていたが、今では直美が嫌がってもう一枚も持っていない。

直美は恥じらいながらもショーツを脱いで、スカートを穿いたままシルクのパンティに穿き替えた。脱いだショーツは丸めて両手でしっかり握っていた。

「スカート、脱いで」

母親に言われて、直美は眼を白黒させるが、買ってもらうためには試着してみせなければならない。スカートを脱いでいく直美は、恥ずかしさで笹間と眼を合わせることができなかった。

「パンツ持ってたらやりにくいだろ」

笹間が直美から脱いだ白いショーツを取り上げた。手で伸ばしたりして見ている。

「やぁン」

直美は羞恥して思わず顔を赤らめた。

シルクのショーツは股が狭く切れ込んでセクシーだった。

「おぉ、スジの深いのができてる」

股布の端から下に割れ目が食い込んで見えていた。

「薄いパンティですからね……」

母親がちょっと眼を細めて、どこか誤魔化すように言う。直美はわざわざ言わなくてもいいのにと、ぽっちりした唇を噛みながら、手を前に寄せて隠した。

「お嬢ちゃん、手はまっすぐにして」

笹間に笑顔で言われ、羞恥してもじもじしてしまう。

両手を体側に置いた。割れ目の食い込みは自分の感触でもわかる。視線で女の子の前を見られているのがわかって、そうやってじっくり見られてしまうと、子供ながら恥ずかしくて意識が秘部に集中していく。

「うーむ、×学生がそういうパンティを穿いていると、独特の色気が出るなあ。けっこう身体の線も綺麗だ。ぐるっと回ってみて」

また笹間から求められて、直美はおずおずとその場で身体を反転させてお尻を向け、また前を向いた。そうするだけで少女なりに羞恥と屈辱を感じてしまう。

「もう一度、後ろ向いて」

また求められて、躊躇《ちゅうちょ》しながらもお尻を向けた。

「まだ少女なのに、お尻がまん丸くて大きいね」

笹間がお尻に手を伸ばしてきたので、直美は「いやっ」と言って腰をひねった。エッチな手をかわそうとするが、丸く盛り上がった尻たぶを味わうように大きく円を描いて撫でられた。

「やーん、触らないでぇ」

直美はビクッと身体に反応して、また腰をひねった。お尻を撫でられた経験は痴漢と学校の教師から数回あったが、そのとき以来の久しぶりに経験するおぞましさだった。教師の場合は教室の移動のとき「急いで」と言われながら、腰やお尻を手で押されたりした。痴漢のときはしつこく尻たぶを撫でられて涙ぐんだ。

「雰囲気がもう一つわからないから、上も脱いでほしいね。その穿いてたパンティも買うから、上も脱いでパンツ一枚になってくれないかな」

「えっ」

直美は何を言っているのだろうと、一瞬わからなかった。母親の顔を見ると、笑みを浮かべて、「直美ちゃん」と頷く仕草をする。上を脱げと促《うなが》された。

恐れていたことが起こった。狼狽《うろた》えてもじもじして迷っていたが、結局半袖のブラウスとシュミーズを脱いでいった。

パンティ一枚の裸になって、少し泣き顔に崩れた。笹間に身体を上から下までじっくり舐めるように見られて、円錐形に小さく突き出した乳房を手で隠した。イヤイヤと身体を揺すって、子供っぽい嫌がり方をしている。

冷房が効きはじめて涼しさは感じていたが、産毛《うぶげ》が見える肌理《きめ》の細かい白い肌は羞恥と興奮で汗ばんでいた。細い腕だが、肩や二の腕は丸みがあって、全体はしなやかな身体つきをしている。全身がやや火照って赤味が差していた。

「気をつけして」

笹間に言われ、直美はプルッと首を振った。

「直美ちゃん……」

母親にたしなめるような眼で見られた。両手を体側に下ろすと、もう乳房は隠せなくなった。

「あれぇ、乳首の横にお母さんと同じ小さなイボみたいなのがある。同じ場所じゃないか」

笹間に指を差されて言われた。左の乳首でイボではなく、母親によると小乳頭というもので、出産後そこからも母乳が出てきたという。

母親は苦笑いを見せていた。そんな母親を見るのも苦痛だった。

「お母さん似かな？」

そう言われることは多かった。

「将来お尻もオッパイも、お母さんのように大きくて、かなりムッチリしてくるだろうね」

母親の牧子は笹間が言うように、乳房もお尻も脂肪の肉づきが豊かすぎるほどで、悩ましい肉体を持っていた。今、直美のお尻は小さなゴム毬のように丸くて可愛い。乳房も年齢相応の小ぶりで、早熟な感じはしない。大人になって母親のような身体になると言われたが、どうであれ丸っこい小尻や未成熟な乳房に興味を示してきた大人の視線で、身体の成長をにわかに意識させられた。

だんだん冷房が効いてきて裸なので寒くなり、乳首がツンと硬くなってしまった。水泳の授業のとき、プールの水に濡れて乳首が尖ったことを思い出した。そのときもコリコリ硬くなって感じやすくなっていた。

笹間が一歩近づいてきて、幼い尖った乳房に手を伸ばしてきた。

「ほう、マシュマロのような柔らかさだ」

桃のように丸く大きくなる前の、幼い小さな乳房を指でつまんでつぶされた。

「だめぇ、触らないでっ」

直美は涙声になって顔を可愛く歪めた。

「あぁ、胸を……」

母親が小さくつぶやくような声で言う。何を言いたいのかわからなかった。

たまらず乳房を両手で覆って庇《かば》うと、今度は下半身に笹間の触手が伸びてきた。

「割れ目ちゃんがしっかりできてるな。ちょっと触ってみよう」

「やだーっ」

すとんと手が下がった勢いで、指が三本膨らんだ土手に当たった。

直美は狼狽えてその場にしゃがみ、体育座りが崩れたような格好になった。母親にちょっと憐れむような表情で見られたが、そんな顔をするなら止めてくれればいいのにと悔しい思いになる。笹間もしゃがんで正面から股間を覗いてきたので、脚をピタリと閉じた。

「脚を開くんだ」

笹間に促され、恥じらいの中でおずおずと開脚した。

「へえ、ちょっと大陰唇が横にはみ出してるな」

何を言われたのか判断できなかったが、いやらしいことだとわかる直美は上体だけひねった。股間はまだ笹間の視線に射られている。それだけでなく、さっと手が脚の間へと侵入してきて、陰唇と言われたその秘密の部分を、指で無造作に捉えられてしまった。

直美はまた脚を閉じかけたが、笹間が閉じさせまいと手で左右の膝小僧を摑んで、グイと脚を開かせた。

「いやーっ」

直美は羞恥におののいて鋭く声を発し、開脚させられながらも身体を横に向けようとした。だが上体のみひねっただけで、股は開いたままだったため、手が入ってきてシルクのパンティの上から少女そのものをいじられた。

「やだぁ……いやっ、いやなのぉ！」

直美は割れ目のお肉の真ん中に指先が食い込むほどえぐられた。泣きそうな顔になりながら身体を悶えさせるが、笹間に前から押し被さるようにして、仰向けにさせられた。母親と目が合ったが、母親は「あぁ」とまた何を言いたいのか溜め息のような声しか出さない。親が何の頼りにもならず、悲しくなるばかりだった。

顔を起こすと、笹間の顔が鼻先がくっつくくらいまで割れ目に近づいているのが見えた。パンティの上から大陰唇の膨らみをふにゅっとその鼻頭で押されて、顔が離れると割れ目の真ん中を指先でなぞり上げられた。

「あぁン、触るのやだぁ！」

直美は首を振りたくり、抗《あらが》いを見せたが、母親が助けてくれないこともあって結局逃れられない。

笹間は身体を直美の左脚に乗せてきた。体重で動けないようにされて、単調な動きだが、指で割れ目を上下に擦られた。クリトリスを通って恥丘の上のほうまで十往復は撫でられた。

「やーん、やめてぇ、そこぉ、だめぇぇ」

何度もぐっと人差し指の先で押されると、指先が薄いパンティの生地の上から膣穴に入りかけて、粘液が染みてきた。恥裂に指先が入って掻き出すように撫でられつづけ、「あっ、ああっ」と声が漏れていたが、やがて愛液でパンティがかなり濡れて、小陰唇と幼穴の形まで浮いて見えてきた。

パンティの下で口を開けた恥裂を、上下になぞられて感じてきたが、直美は歯を食いしばって我慢していた。だが、笹間はシルクのパンティ越しに、割れ目をえぐる心地よさを味わうように繰り返しいじってくる。

「ああっ、したら……あぁぁ、だ、だめぇーっ。お母さーん！」

女の子の大事なところをたとえパンティの上からであっても、男の指で弄られていく。そんなことが自分の身に起こるなんて思ってもみなかった。とうとう涙声で母親に助けを求めた。

「直美ちゃん、笹間さんはたくさん買ってくれる人なの。だ、だから……」

母親も途中まで言ってあとは声が出ない様子で、悲しくなって涙ぐむ直美である。

「横になってごらん」

最初は言わば正常位だったが、側位にさせられて、片脚を垂直に上げさせられた。笹間は背後にいて、直美は上げた脚を手で抱《かか》え込まれて、しっかり押さえられた。身体の格好を変えさせて楽しもうとしている気がした。

直美は脚を高く上げることで股間が開ききり、パンティがピンと張っているのを感じた。股間を拡げられて、割れ目を恥丘のふもとからお尻の穴近くまで、何度もしつこく指で掻き出された。

「あはっ、やぁン、あン、あぁぁぁぁーっ！」

直美は恥ずかしい喘ぎ声を披露して、上げさせられていた脚をブルブルと痙攣させた。

「ぐふふ、今度はバックからだ」

何のことかわからなかった。腰を抱えられて起こされ、四つん這いにさせられたが、そのとき初めて後ろからお尻や股間を狙われることがわかった。

「いやぁっ」

直美は抗って、手で笹間の腕を押したり摑んだりした。

「お尻に丸く肉がついて、盛り上がってる。可愛いのを通り越して、セクシーだなぁ」

四つん這いの羞恥のポーズに持っていかれた直美は、笹間は母親より自分を気に入って興奮していると直感的にそう思った。自分のような子供にエッチな眼を向ける男に身震いした。後ろを振り返ると、母親に対するより、ずっといやらしく眼を細めて「いひひひ」と脂下《やにさ》がった顔で汚い笑い方をしていた。笹間にスケベ以外の性格は何も感じなかった。

笹間に背中からお尻まですーっと手で撫でられた。お尻に手が置かれたので、パンティを脱がされるのではないかと不安になった。が、パンティは脱がされずに、指先が熱い股間に到達した。

「うーん、お嬢ちゃんの肌、綺麗ですべすべして、いいねえ。手に吸いついてくる感じだよ」

吸いつくというのは自分ではわからない。内腿を撫でられて、また指が股間まで上がってきた。

将来好きな男の子にされるなら、喜びになると自分でも想像できるが、それを今スケベなおじさんにされて、ぞっと怖気が振るった。しかも母親に同じことをしたあとでやられたから、なおさらだった。

「あどけなくて、可愛いのが魅力だけど、快感で悶えてきそうだね。それに、意外に色っぽい腰つきをしている」

言い方が不気味な感じがして、直美はまた身体に震えが来た。華奢な腰からお尻までニヤニヤしながら撫で回された。笹間に言われたように感じて、身体をくねらせてしまう。

「う━む、しなやかだなあ」

またいやらしく言って悦に入る感じで、直美は身震いするが、下半身は快感で揺れてくる。直美は狼狽えて立ち上がった。

「このパンツ、買ってあげるんだから、おじさん今、もらうよ」

案の定、笹間の手が伸びてきて、シルクのショーツに手がかかった。

「えっ」

笹間は母親を見て「いいかな？」と訊いた。

「どうぞ」

母親は即座に認めた。

「だめぇっ！」

直美は声を荒げて、手でパンティを押さえるが、笹間に強引に引っ張り下ろされてしまった。シルクのショーツを足首まで下ろされた直美は、慌てて手で前を隠した。

「隠さない。どうせ見えるんだから」

足首に絡んでいたショーツを脚を上げさせられて取られた。

直美は女の子特有の前の割れ目を恥じらって手で隠している。笹間に手を摑まれて「いやっ」と鋭く拒絶の声をあげて、腰をひねって抵抗した。お尻を見るためだろうか、後ろを向かされたが、もうお尻を手で隠すことはせずに前だけを手で覆っていた。

気になって笹間を振り返ると、自分の指を舐めて唾をつけている。

お尻に斜めについたショーツのギザギザした痕を、唾をつけた指先でスーッとなぞられた。

「やぁン、そんなことぉ」

半歩前に脚が出て、お尻を少し振るが、追いかけてきた笹間の指でゆっくりなぞり上げられた。その感触で「あうぅ」と声を漏らして眉をしかめた。

また前を向かされると、両脚の内腿に手を当てられて、左右にグッと脚を押された。指先が柔らかい内腿に食い込んで、そのおぞましい感触で顔を歪めた。

すでに大きく開脚させられている。何とか脚を閉じようと力を入れるが、その力より強く脚をこじ開けられてしまった。

身体をひねって、また必死に手で前を隠そうと抵抗する。笹間には「うん？」と、何か訊くような低い声で言われ、ニヤリとされてその手を押しのけられた。

股間に下からすっと手を入られて狼狽える。指の腹が恥裂に当てられた。

眼差しが刹那凍りつく。

「い、いやぁぁ……」

指はじっと動かない。恐るおそる視線を下げてみると、笹間と眼が合ってしまった。

「アッ、アァアアアーッ!」

指が曲げられて、割れ目の中に指先が侵入してきた。直美は悲鳴を迸《ほとばし》らせる。頭頂に響くような悲鳴だった。指は見えないが、感触で中指のようで、ちょうど膣の場所に当たっていた。膣口には入っていないが、感触はあった。

「あっ、直接なんて……」

母親はさすがに慌てたのか、笹間の手を摑んできた。

だが、そのときにはもう、指先で膣口からズズッと前へ掻き出すように撫でられていた。

「ヒイイィッ」

直美は声が鋭くなって、思わずつま先立った。身体がその刺激で強張《こわば》っていく。生まれて初めて直にそこに触られて、ショックのあまり逆に叫んだり、強く抵抗したりすることができなかった。

指が二本に増えて、何度もおいでおいでをするように曲げ伸ばしされて、幼い大陰唇と小陰唇を弄ばれた。直美はプクリと膨らんだ大陰唇とその内側の襞びらの差異をふだん意識したことがなかったが、今、笹間の指によるイタズラではっきり触られる心地に違いがあることがわかった。中の小陰唇と膣のほうがピクンと来る刺激があって、危険な感じがする。それは情けなくなるような快感だった。

「いや、いやーん」

直美は鼻にかかる少女のかん高い悲鳴を奏でた。

「ここは、お豆さん、クリトリスだ」

「ああっ……あああっ……」

特に感じて、またつま先立った。カクンと腰が痙攣した。豆とかクリトリスと言われ、感じる突起があることは知っていたが、女の子の恥ずかしい秘密を探られているような気がして恥辱に震えた。

その豆の部分を指の腹でじっと押さえられている。顔をちらっと見上げられてから、グリグリと揉み込まれた。

「あはぁうっ、そ、そこぉ……いや、いやぁーっ！」

ピクピク腰に反応してしまう。腰を引いて耐えるが、快感が強くなって幼穴がキュッと締まり、お尻の穴も締まる。

「あぁ、直美は……そんなにされたら、感じちゃいます」

母親の声は聞こえているが、頭の中に入ってこない。快感で悩乱していく。

「ほーら、濡れてきた」

何を言われたのか一瞬わからなかった。でも女の子の大事なところから、確かに何かの液が出てきたことは感じていた。笹間の指の感触がヌルヌルしたものに変わった。

「可愛い子だ。娘にしたいくらいだよ」

直美は秘部をいじくり回されたあとで、そう言われた。執拗な愛撫で愛液が割れ目の外へ溢れ出した。

「もともと穿いていた木綿のショーツのほうも買いたいんだが、どうかな？」

笹間はその試着したシルクのパンティを喜んで買ったばかりか、直美が脱いでいたショーツまで直美の母親に求めてきた。

「いいですよ」

「えーっ、いやよ、そんなの」

穿いてきたパンティを買われてしまうなんて恥ずかしい。直美は嫌がるが、母親があっさり認めたので、笹間はやすやすと長時間直美の割れ目に密着していたパンティも手に入れた。

直美は笹間辰夫という五十年配の男に怖気が振るった。

母親は母娘二人の試着したランジェリーがともに売れ、直美のショーツまでも売れて満足したようで、何の後悔もない顔をしているように直美には見えた。一段落ついて、母親はアタッシェケースを閉めて帰り支度をした。

「また伺《うかが》います」

笹間にニコリと愛想笑いをした。

「ええ、来てください。次もお嬢ちゃんを連れてお願いしますよ」

「気に入っていただけたんですね。連れてまいります」

母親は笹間に平気でそう言った。

「いやぁ、もう来ないもん」

直美は気持ちが昂って、母親を見て涙声になった。笹間だけでなく、そんなことを言う母親も恐くなる。

「直美ちゃん、パンティ穿かずに帰るのよ。ミニスカートだから気をつけて」

母親が言うと、

「ははは、見えちゃうぞぉ」

笹間が笑って、直美がようやく穿いたスカートにひょいと手を伸ばしてきた。

「やーん」

直美はその手を上から押さえて一歩後ろに下がった。笹間はもうしつこく触ったりしなかったが、にんまりと満足そうにいやらしい笑みを見せていた。それが子供ながら許せない気持ちになって、また涙ぐんでしまった。

裸にされて恥ずかしいポーズを取らされた。その羞恥と屈辱は直美の心を傷つけた。そればかりか、女の子の大事なところをイタズラされてしまった。

でも、女の子の部分が感じて恥ずかしい粘液で濡れぬれの状態になった。愛液も大小の陰唇もクリトリスも知らなかったが、その泉が湧き出る穴が膣という名前だということだけは知っていた。

（あぁ、女の子の、あ、あそこ……男の人が狙ってる！）

その部分は、快感が強くなってしまう弱みがあって、男はちゃんと女の快感の場所を知っていることがわかった。自分みたいな少女の身体をいじって弄ぶことが好きで、興奮するということを全裸にされた挙句、嫌というほど悟らされた。

第二章　思春期少女のランジェリー姿

（いやっ、胸に触られた。乳首をつままれたわ。あぅ、それに……あ、あそこも！）

直美は家に帰ったあと、思い出しては眉をしかめ、黒い瞳を涙でウルウルさせた。今にも涙が溢れてきそうになっている。

いやらしい五十年配の男の手で膨らみかけた乳房を撫でられ、やわやわと揉まれた。小さな硬い乳頭も指先でつまんで揉みつぶされた。母親のあられもない姿も眼に焼きついて離れない。

羞恥と快感で少女の部分がヌルヌルしてしまった。その自己嫌悪の気持ちと闘いながら、狭い六畳の部屋の一角を見つめている。

ここ一カ月以上というもの、親の離婚や訪問販売の仕事のせいで嫌な目に遭っていた。学校で悪口を言われるし、いじめのようなことをされることもたびたびあった。

直美は可愛かったので、もともと女子から嫉妬されることがあって、それも重なってのことだと感じていた。

　今日のようなことがばれたら大変だと思うが、母親からはあらかじめ学校の同級生の家は調べて訪問しないようにしていると言われていたから、たぶん大丈夫だとは思っている。それでもふと不安になることがある。

「試着して見せるのは、客が買ってくれそうで、もう一押しだと思ったときよ」

　直美が涙ぐんでいると、それを見た母親が何か誤魔化そうとするようにそう言った。

　だが、自分のことだけなのか、直美も含めてなのかは言わないし、直美が真っ裸にされて身体の要所要所をいじられまくったことなど一言も触れてこない。そんな母親は嫌いだった。

「訪問販売に警戒心を持っている人にも、試着で誘惑して心の壁を崩してしまえばあとは簡単。それに、男の人って、直美ちゃんみたいな小さな女の子が大好き。だから母娘でやれば効果倍増よ」

「い、いやっ。裸は恥ずかしい！　触られたわ。お母さんがやらせたのよ」

　直美は顔をしかめて声を震わせた。母親の異常な考え方に強い反発を感じている。

　そもそも自分の母親が下着販売員だということが子供として恥ずかしかった。

「お金がないと生きていけないでしょ！」

語気荒くそう言われると、直美は口ごたえできなくなった。

母親はじっと見下ろしてくる。

「直美ちゃん、脚を立てて座る体育座りってあるでしょ。今度行ったとき、畳とか床に座るときはそうしておいてね。ずーっとね」

直美は母親が一瞬何を言っているのかわからなかった。でも、体育座りなんて、超ミニを穿かせる気なのはわかっているから、男の人から何が見えるのかはっきりしている。

「いやぁン、パンツが丸見えになっちゃう」

また恥ずかしいことをさせようとしている。笹間にさせられたことを思い出した。自然にそんな座り方になって、面白がって覗き込まれ、股間にスポッと手を入れられた。

「パンティは見えても仕方がないから、手で隠さずにずっと見せておくのよ」

「いやっ、そんなの恥ずかしい」

わざとパンチラをさせて客の気を引く。全裸試着よりましだけど、母親なのにそんなことをさせるなんて信じられなかった。

「脚は適当に閉じてればいいわ。でも手で隠しちゃだめ。手で隠すということはお客さんに自分を隠す。偽るっていう雰囲気になるから」

「そんなことない。わたし、隠すもん」

「だめよ。あなたは言うこと聞いてればいいの。手で隠すのは、お客さんにあなた覗く気でしょうというような敵意を表すことになるわ」

「そんなぁ」

妙な理屈をこねてくる母親に対して、直美はもう何を言っても無駄な気がしてきた。

「パンティは見せておきなさい。そして、少しずつ脚を開いていくのよ」

直美はじっくり言い渡してきた母親の前で「だめぇ……」と力なく項垂《うなだ》れて涙ぐんだ。とにかく、母親は娘である自分を金のために利用しようとしている。そんな印象しかなかった。

直美は翌日も訪問販売に連れていかれた。またよそ行きの服を着せられようとしたが、綺麗に見られて興味を持たれるのが恐くて、大方の少女の普段着のような単色のTシャツを着た。母親は最初認めなかったが、乳首の形がくっきり浮いているのに気づくと、商品の中のキャミソールというものを出してきて、直美はそれを着せられた。そのキャミソールはTシャツよりもっと生地が薄くて、乳房と乳首の形がさらに表面に現れてしまった。

「うふふ、可愛くて、セクシーになったわ。これから行くところ、前もって調べて若い男の人ってわかってるけど、初めてのお客さんで、連絡なしの飛び込みよ」

母親が言うように、今回は本当の飛び込みセールスだった。母親はニコニコしていて、何かその飛び込みというのが好きなようにも思えて、よけい嫌な気がしてくる。

「初めての客だから、裸で試着とか受けつけないかもしれないわ。買うことを条件にするわけだし」

母親は誤魔化そうとしていると思った。直美は重い足取りで母親のあとをついて歩いていく。また恥ずかしい試着をさせられるに決まっている。直美は疑うが、前にもまったく話を聞いてもらえなかったり、門前払いされたりすることもあると聞かされていたから、ひょっとするとそうなるかもしれない。それを祈るしかなかった。

マンションの部屋の前に来てみると、はたして客は若い大学生で、残念なことに母親と二言三言言葉を交わすと、母親と直美はすぐ部屋に入れられた。

母親は最初から商品のセールストークに入るのは相手が警戒するからか、雑談から始めて少しずつ打ち解けていくようにしようとしている。笹間というスケベ親父のときとは違っていて、初めての客のときはそういうふうにするのかと母親が販売員として板についている感じがした。

ただ、その学生は高価なランジェリーを買おうとしなかった。母親は試着してみせることを匂わせて売ろうとしたが、男は母親に興味を示さない。直美のほうをちらちら盗み見ている。直美は母親に言われていたとおり体育座りになって、学生の視線にショーツの股間を晒していた。

「女の子用の、子供のですが、ランジェリーもありますよ。試着させてお見せいたしましょうか」

母親が水を向けて言うと、学生の眼の色が変わった。「ふんふん」と首を縦に振ってくる。

（あぁっ、も、もう試着なのぉ！）

直美はビクッと身体に反応して、眼が虚ろな色を映した。乳首の形が浮いたキャミソールの身体をもじもじさせはじめた。乳首は生地に擦れてツンと尖っていた。

「どうなさいますか。輸入物の綺麗なパンティを穿かせますけど」

「そ、それ、見せてください」

学生は顔に赤味が差すような笑顔になった。

（やっぱりエッチなパンティを試着させるんだ。真っ裸にされちゃう！）

直美はジロリと見られて、澄んだ愛らしい瞳を狼狽《うろた》え気味に瞬きさせた。

「直美ちゃん、これ穿いて」

母親がアタッシェケースから出したのは、水色のレースのビキニだった。

「子供の下着でそんなのがあるのか」

直美は男の視線が気になって仕方がない。昨日もやらされたようにスカートを穿いたまま、まず穿いてきたコットンショーツを脱いでいった。

脱いだショーツを母親に渡して、ビキニパンティに脚を通した。その様子を見られているので、羞恥と子供なりの屈辱感で顔が少し強張《こわば》ってくる。

股布の幅が小さくて、大陰唇の端のほうがわずかだがはみ出した。いちおうしっかり穿いてしまうと、上げていたスカートのすそを下した。

「見えないよ。スカート捲って」

男に促されても、直美は嫌がって膨れっ面《つら》をして口を尖らせている。男の手がスカートに伸びてきたため、半歩後ずさって無言でプルッと首を振った。だが、男にスカートをさっと捲り上げられてしまった。

「ああっ」

穿いたばかりのパンティが露《あらわ》になった。かなり荒い目のレースなので、スジが恥丘の真ん中まで続いているのがレース越しに確認できる。

「おぉ、割れ目ちゃんが透けて見える。土手の上まであるな」

少女特有の長い恥裂は恥丘のふもとより上、ほとんど丘の頂点まで伸びていることを直美は知っている。薄いレースの生地にプリプリしたお肉の形が透けて見えているはずで、直美は捲られたスカートを両手で上から押さえて何とか前を隠そうとした。

「買っていただけますか？」

「ああ、買うよ」

母親が訊くと、男はいくらとも訊かずに即答してきた。

「ブラジャーもあります」

「へー」

男の視線が胸に注がれた。直美はビクッと身体に震えが来た。ブラジャーが必要ない思春期の小さな乳房だが、ポコッと飛び出す格好に膨らんでいた。その円錐の形と乳頭の尖りがキャミソール表面に露になっている。

「直美ちゃん、上脱いで。スカートもね」

母親は臆面もなく直美に求めてきた。直美は恥じらってもじもじしたあと、男に背中を向けて震える指先でボタンを外して服を脱いでいった。

上半身裸になったが、後ろを向いて乳房は男に見られていない。ブラジャーは母親が手伝って着けた。ビキニとお揃いのレースのブラジャーだった。カップの真ん中で継ぎ目が入って、上下に分かれている。母親がストラップのアジャスターを調節してカップを乳房にフィットさせた。

直美は嫌々ながらスカートも脱いで、その輸入物のジュニアランジェリーの姿を晒した。

「子供用のパンティに何でこんなのがあるんだ。子供のにしても小さすぎるよ。ブラジャーも小さいな」

「あ、あぅ」

言われるとおりだと思う。そのピチッと貼りつくような密着感は心地よいものだが、羞恥心を擽《くすぐ》られる。ランジェリー姿に異常な興味を示す男の眼が恐かった。

「生地は強くて、しかも滑らかです」

母親が言うと、「そうかい」と言って、男が直美の下半身に手を伸ばしてきた。直美は慌てて腰を引いたが間に合わず、恥裂をすっと下から指で撫で上げられた。

「うわぁぁ」

身体がひょいと伸び上がるようにおののいて、深く腰を引いた。学生は昨日の笹間と違って、それほどスケベな感じはしなかったので、まさかそんなに簡単に割れ目を触ってくるとは思っていなかった。

「ちょっと、だめですよ」

母親は学生を止めようとはするが、おざなりにしか言わなかった。

男はブラジャーをした直美の胸を見下ろしている。

「ブラジャーもレースだな。乳首が見えてるじゃないか」

指で乳首を軽く突かれた。

「あぁっ」

直美は小さく声を漏らして上半身をひねるが、乳房をやんわりと摑《つか》まれた。

「うーん、乳首がころっとして大きいよ」

大きいと言われても、学校の同級生たちと比べて見ているわけではないからわからない。直美は身体をよじって嫌がるが、円錐形の乳房から飛び出した乳首をレースの生地を通してつままれた。

「やン、あぁン、つまむのは……だめぇっ！」

直美は愛らしいほどの反応を口から奏でて、上体をビクンと反応させた。乳首はレースのブラジャーの上から両方ともつまみ上げられ、グリグリと捩子《ねじ》を回すように揉まれていく。

「いやぁーっ」

悲鳴をあげて肩を揺するが、ちょっと脅かすように両肩を摑まれて、そのあとブラジャーのカップを指でしゃくられて、乳房を左右ともポロッと露出させられてしまった。

あっと声をあげる間もなく、乳首に口が吸いついてきた。そのままジュッと吸いつかれ、ペロペロと舐められていく。

「ひゃあっ、やだぁぁ！」

直美は乳首が感じて、耳にキンキン響くような悲鳴をあげさせられた。

「も、もうそこまでですよ」

母親は笑いながら言う。強く止めようとはしないので、直美は腹立たしいのを通り越して悲しくなった。

「むふふ、感じたの？」

学生にニヤリと笑って訊《き》かれ、直美は早くも涙目になって首を振って否定しようとした。乳首を舐められ、吸われて、情けないくらい感じさせられた。無言だが、いやっと言う口の形になっている。

また男の興味が下半身に移った。

長い脚をスーッと下から撫で上げられて、太腿まで手が届いた。柔らかい腿を鷲摑みにされて、痛いのと快感なのとで溜め息のような声になって、小さな尖った顎がクッと上がった。眉をしかめて、潤んだ瞳を瞬きさせた。

「摑むのいやぁ、あン、あぁぁっ、も、揉まないでぇ」

両脚の太腿を揉まれていくと、カクカクと下半身に反応してしまう。わざとらしく摑んでくるので、故意に脚にこだわって、感じさせようとしていることに気づいた。

「そんな……」と学生のやることを見て一言だけ母親も言うが、そこまでで何もしてくれない。

男の両手の親指が二本の脚のつけ根に同時に食い込んでいる。食い込ませたままぐっと力を入れている。秘部に近い敏感な部分である。

（いやよ、だめ、だめぇぇ……）

声にはならなかった。少女ながら声を出したくないという気持ちがあって、羞恥心と屈辱感を呑み込んで我慢している。

ショーツの真ん中をつままれて引っ張り上げられ、割れ目に食い込んで深いスジができた。薄い生地の上から割れ目の食い込みに指先を少し潜り込まされて、グリグリと、やや強く指先で上下にえぐるようにされた。

指は土手の下で割れ目内部に入り、指先は埋まって見えなくなった。膣穴と思われるところをぐっと押されて、凹まされ、またグリグリとほじくるようにして玩弄されていく。

「あひぃぃ、やーん、あう、あぁあーっ、あぁうっ！」

ついに喉を震わせて快感に近い声がほとばしり、涙が溢れそうになった。情けないような快感の涙声をあげて、身体がよじれていった。

直美は興奮が抑えられないその大学生に、胸もお尻も股間も触られ弄《もてあそ》ばれた。お金のためにこんなことまでしなきゃいけないという感情が溢れてきて、情けなさと無理やり起こされる快感で涙がこぼれてくる。

「もう、そこまでで……」

母親が見かねたように声をあげて、今度は本気で学生を止めた。直美をいじる手をしっかり摑んだのだ。直美はは手が離れていって、どうにか一息つくことができた。もう愛液で恥裂がヌルヌル状態である。快感が昂っていた。

「じゃあ、買うから、パンティとブラジャー脱いで、僕にくれよ」

学生に下着を脱いで渡すことを求められて、直美は「えっ」と慌てる顔になって、ジュニアランジェリー姿の身体を縮こまらせた。学生は思春期の少女の裸を見るのは初めてなのか、直美が服を脱ぐのを気もそぞろな顔をして待っている。そんな見つめられる眼差しを受けて、直美は羞恥心から一瞬動きかけた手がぴたりと止まった。

「直美ちゃん、買っていただくんだから、さあ、早く脱いで」

母親は躊躇《ちゅうちょ》なく言ってくる。そんな母親を見て悲しくなるが、恥じらいつつブラジャーを外し、ビキニショーツを脱いでいった。

男の眼が冴えてきてじっと凝視してくる。直美は片手で乳房を、片手で下腹部を隠した。

男が背後に回ってきた。

「このお尻は、うーむ、クリクリして完璧に丸い」

男の手のひらがベタッとお尻に下から支えるようにくっつけられた。その感触ではっとして後ろを振り返った。可愛くて柔らかいお尻をぐるぐると大きく撫で回されていく。

「あぁ、撫でるのは……」

直美はやめてと言葉を続けたかったが、どうせやめてくれるわけがないので黙っていると、男が後ろでしゃがんだ。男は床にお尻をつけて眼の位置を低くし、直美の割れ目を背後から見ようとした。

「やーん、そんなふうに見るのは」

「大陰唇の綺麗な膨らみがねぇ、ふっふっふ、お尻の真っ白な色と比べて、くすんだ赤っぽい色合いをしているよ」

かなりいやらしく少女の秘部を品評してくる。そんな言葉とその視線に直美は虫唾《むしず》が走る思いがした。

「さあ、寝っ転がって。ほら、女の子の一番エッチなところを見せて」

「うあぁ、やだぁぁ、そこぉ、見せないわ」

直美は抱きつかれてしゃがまされた。背中を床につけさせられると、もう起き上がろうとしても学生が上から押さえてくるので、仰向けになって動けなくなった。

「学生さん、まだ若いのにわざと恥ずかしくさせて楽しもうとしてませんか。娘はまだ×学×年生ですよ」

母親の言葉は直美の心に刺さってくる。最初に裸にしていやらしくいじってきた笹間と同類のスケベさをこの学生にも如実《にょじつ》に感じた。年齢や性格を越えて大人の男のどす黒い欲求はほとんど同じような気がした。

「おっ、割れ目ちゃんが恥丘のふもとまで深く刻み込まれてる」

「あぁっ」

「大人みたいに茶色っぽいような色じゃなくて、肌色の綺麗な部分が透き通るような色してるよ」

直美の割れ目は男の眼の前にある。まだ色が濃くなる前の割れ目だが、子供なりに大きなしっかりした大陰唇が見えている。

男の指が自然にすっと伸びてきて、割れ目をなぞられていく。割れ目の中に人差し指の先を入れられた。

「いやぁーっ」

口から悲鳴を奏でて、嫌悪感を表す顔になったが、同時に男の指が割れ目をゆっくりじわじわ指で拡げていく。

「ほーら、パクッと開いた割れ目ちゃんから、小陰唇のピラピラしたのが出てきた」

まだ小さい直美の花びらが二枚とも姿を現した。男が唾をつけた人差し指で露出した襞と膣を撫でていく。

「やーん、ああーん、そこはもう……」

いじられて感じはじめていた少女のお肉を直に指で愛撫されて、快感がじわりと粘膜を襲った。愛液がその一帯に溢れて、膣口の穴に溜まって指でぐじゅっと掻き出されたりもする。

直美は感じて瑞々《みずみず》しい赤い唇を開き、真っ白な歯を覗かせた。唾を呑み込みながらゆっくり瞬きして、快感を嚙みしめている。瞬かせている長い睫毛が少女の青い色気を魅せていた。

直美は「あン、やン」と、小鳥がさえずるような、せいぜい子猫が鳴くくらいの快感の呻き声、喘ぎ声をあげていたが、クリトリスを撫でられ、揉まれると、

「あぁン、いやぁあうっ、あぁあうぅっ！」

と、ちょっと異様な少女のものと思えないくらいの淫らな声に高まって、ビクッ、ビクンと腰から上へ痙攣が波になって伝わった。

膣と肉芽を操るように指先でいじり抜かれた。直美の百四十六センチの華奢《きゃしゃ》で柔軟な身体がぐっとのけ反って、ストンと落ちる。男の指の爪が膣口に当たったが、そのとき、ギュッと押して第一関節を越えて第二関節まで嵌っていった。

「はぁあああン！」

直美はわなないて、腰を左右にくねり悶えさせた。生白い肢体をぶるぶるっとおののかせ、痙攣させるが、少女の敏感な穴に指がわずかでも確かに入っているため、直美は腰を振って振りきったりすることができなかった。

「娘の、あ、穴に入れたんですね……できるのは、もう本当にそこまでですよ。ゆっくり抜いてくださいね。グリッと引っ掻いたりしたらだめですよ」

母親は目の前で学生のすることを見ていながら、そんなふうにしか注意を促さなかった。

「うお、おぉぉ……」

若い学生は口を半開きにして、どろどろした性的な欲求を満たしている顔をしている。母親の言うとおり直美の膣穴に入れていた指をそっと抜いていった。そしてズボンの上から勃起した肉棒を手で何度もさすって悦に入るような、とろんとした眼差しを見せた。

「あぁう、あはぁぁぁ」

直美はトロトロに溶けた愛液まみれの割れ目をようやく手で隠すことができた。

第三章　襲われた幼膣粘膜

母親が冷たいコーラにピンポン玉くらいの大きさのアイスクリームを乗せた。

「それ、違うよ」

アイスクリームは溶けて厚い泡になった。

「アイスの種類が違う。喫茶店とかのクリームソーダみたいにはいかないわ」

直美は横髪をヘアピンで留めて、厚くかぶった髪がすっきりして見えてさらに可愛くなった。

若い学生を訪問してから、半月ほど経っていた。

直美はその学生にいやらしいイタズラをされたことで、家に帰ってから母親と言い争いになった。そのとき、はずみで母親から離婚の原因が父親による会社の金の横領だと言われた。

離婚の直前に直美の父親は勤めていた会社を辞めていた。父親は自分に向いていない仕事だから転職すると言っていたが、事実は不倫関係にあった経理の女を使って、会社の金を百六十万円（現在の貨幣価値で約五百五十万円）横領し、それがばれて馘《くび》になったのだった。返済して刑事告発は免《まぬか》れたが、自宅は社宅だったため当然そこには居られなくなり、離婚と同時に今の六畳一間のアパートに引っ越していた。母親から真実を聞かされた直美はいたたまれない気持ちになった。

横領のことはやがて噂になり、学校の同級生にもばれてしまった。直美は「犯罪者の娘、パンツ見せろ」とののしられ、スカートを捲られて無理やりパンツを下された。

母親は夫に裏切られ、世間の冷たさも感じていると言う。

「お母さん、真面目にやるのがばかばかしくなったの」

そう母親に言われた。直美は以前浮気のことで夫婦げんかになっていたことを思い出した。それに直美も学校で母親と同じようなつらい思いをしていた。

母親はトップセールスマンになって昇給もしたので、少しましなアパートに引っ越した。直美は学校を転校した。

これから母親といっしょに下着の訪問販売に行く。今回も飛び込みセールスだった。

「お母さん、生活のためには仕方がないって言うけれど、それ以上に稼ごうとしてるでしょう？」

車の中で、母親に思いきって訊いてみた。

「藪《やぶ》から棒に何なの……。今稼いでおかないと、あとで足りなくなったりして困るでしょ」

「興奮するためにしてる。エッチなことが好きだから。自分の子供まで使ってエッチなことして楽しもうとしてるぅ」

母親はちょっと顔色が変わったが、誤魔化すように言うので、直美は思い余ってそう言った。

「馬鹿なこと言わないのよ」

母親は怒るが、直美は膨れっ面《つら》をしていた。

駐車場で車を降りて何軒も回ったが、次々断られた。飛び込み訪問だが、会社で男性客がいる情報を頼りに訪問している。それでもなかなか話さえ聞いてもらえなかった。

「ここでダメなら、場所を変えるわ」

母親も疲労が溜まってきたらしい。マンションに入って、玄関のドアチャイムを押した。

まもなくドアが開いて、四十歳くらいに見える男性が出てきた。

「女性の補正下着やランジェリーの販売でお伺いさせていただきました。ちょっとお時間ございませんでしょうか」

母親がそう言うと、

「女房は今、仕事で出ていますので」

ちょっとだけ強面《こわもて》に見える男性に直美はじっと見下ろされた。直感的に女として見られたような不安を感じた。

「旦那様に見ていただいて、気に入っていただけましたら、奥様へのプレゼントにしていただいてもよろしいのではないですか」

母親が説得するように言うと、直美は男の顔色がちょっと変わったように見えた。そのまま家に入った。

「奥様お仕事持っていらっしゃるのですね」

「ああ、俺は夜のほうの仕事で、水商売だよ。経営してるから、昼はこのとおりさ」

男は上は半袖の下着のようなTシャツで、下はジャージの格好だった。

母親と直美は居間に通された。男性を前にしてソファに座った母親はアタッシェケースを開けた。パンティやブラジャーを数枚出したが、男は次に取り出した商品にかなり興味を示してきた。

「こちらは、シースルーネグリジェとなっております」

「おぉ」

客はそのダークブルーのネグリジェをじっと見ている。

「着た感じは想像できますか。セクシーこの上ないですよ。高級感と、絹のようなスベスベな触り心地のよさが魅力です」

そう言って、客の前でネグリジェの全体が見えるように、両肩をつまんで高く上げて見せた。

「下着は穿かずに着ていただければけっこうです」

「それじゃ透けすけで、丸見えになるな」

「そうですね、セクシーというかエロチックでしょうか。でも、言葉だけではよくわからないですよね？」

「うむ」

「わたくしが試着して、それを見ていただいてもよろしいのですが」

母親は躊躇《ちゅうちょ》なく言ってのけた。また始まったわと、直美は嫌なものを感じた。

「貴女《あなた》がですか？」

「はい。でも、何と言いますか、えー、試着の場合、ぜひご購入いただくと嬉しいのですが……」

言われた客はじっと母親の顔を見て、しばらく思案する顔になった。ちょっと直美のほうも見て、

「買うよ」

男は軽く頷《うなず》いた。また裸になるんだと、直美は眉をひそめた。嫌な気持ちになるが、母親だけでなく自分も裸にされてしまう予感もともなっていた。

「ありがとうございます」

母親は男をどこか色っぽい顔つきで見て、ソファから立ち上がった。

「失礼します」

くるりと後ろを向き、全裸になってネグリジェを身に着けた。透けすけで、ちょうど丈がミニになっている。

「遠慮なさらないで、よーくご覧になってください」

「ああ、遠慮なんてしないよ」

男はソファから少し身を乗り出して、シースルーのネグリジェを着た母親に顔を近づけた。

「恥ずかしいですわ。そんなにじっとご覧になられると……」

両手はだらりと下げてまったく隠すことなくそう言い、卑屈な笑顔になった。

「恥ずかしいって言ったって、見ちゃうよ」

「そうですね。見てもらうための試着ですものね。花柄のところがちょっと見えにくいだけで、あとは透けすけです。バストは、乳首が左はこうでして。透けて見えています」

自分の乳首を指で差してみせた。

「コロッとした大きいのが見えてる」

「あぁ、右のほうの乳首は花柄でやや隠れてます。でもうっすら見えてるでしょ」

「い、いいねえ」

ところどころ花柄が入ったくらいの薄物一枚では、とうてい裸体を隠すことはできない。興奮した男はソファから立つと、母親の前に立って、透けて見えていた乳房をムンズと摑《つか》んだ。

「あう、そんな……す、少しだけですよ……」

ギュッ、ギュッと何度か揉んだあと手が離れ、その手はさっと下腹へ伸びていった。

「ああっ、そこは……」

母親は前屈《かが》みに腰を引くが、男の手は遠慮なく股間に入った。見ていた直美は「いやぁ」と小声を漏らして、予想していたことだが嫌悪して顔をしかめる。ネグリジェの上からだが、確かに指が女の部分に食い込むのが見えた。

「ああ、そこを触られたら、染みがついてしまいます」

「いや、かまわない。それがついたほうがいい。ははは」

「そ、そのようにするのは、奥様だけに……あぁ、はぁン……」

母親が妙な声を出すので、直美は俯いてしまった。聞きたくない声だった。

母親が太腿を閉じて、股間に入った男の手を上から押さえていくと、男はその手をお尻のほうに回した。片手で乳房を摑み、片手でお尻をまさぐっているようだった。

母親はしばらく男の好きにさせていた。

「それでは、ご購入いただくということで」

母親は男からちょっと離れた。

「最愛の奥様には、この透けたネグリジェを着ていただいて、よけいなお世話かもしれませんが、脱がさずによくご覧になっていただいたら、女性の見られたい願望を刺激して悦んでいただけると思いますよ」

「うはは、それは効果ありそうだね」

「脱がさずにネグリジェの上から、お胸も下のほうも愛撫してあげてください」

「おお、何か想像してしまうなあ。最近夜のほうがマンネリになってるから、透けすけネグリジェというやり方もいいかもな」

「やはりネグリジェは脱がさないで、その上から触って奥様を感じさせてあげてください。ネグリジェは買っていただいた方から、夜の営みが大変激しいものになったというお話をうかがっております」

「むぅ……」

客は口を半開きにして眼つきが怪しかった。直美はいやらしい語り口の母親と興奮した男を間近に見て、自分もまた裸にされてエッチな下着姿にさせられそうで恐くなった。

男はまた母親の前に立って乳房を握り、透けて見えていた乳首を両方ともつまもうとした。そして今、母親がやられているような恥ずかしいことを自分もされてしまう。直美はそんな暗い気持ちになっていく。

母親は興奮した客に乳房など愛撫されたあと、ややふっかけるような価格でそのシースルーネグリジェを売りつけた。

ネグリジェはさっさと脱いで客に渡すと、また男に全裸の身体を触られて、ようやく脱いでいた下着を穿いた。全裸になったり、身体を玩弄《がんろう》されたりしたにもかかわらず、まんまと上手《うま》くいったという思いなのだろうか、何の後悔もないような笑みを見せていた。

「失礼ですがお客様、お子様はいらっしゃいますでしょうか?」

母親はブラジャーとパンティの下着姿のまま、まだアタッシェケースを閉じずに客に尋ねた。

「ああ、娘が。まだ小さいけどね」

「おいくつですか?」

「四歳で、幼稚園に行ってるよ」

「そうですか……ちょっと早いかもしれませんが、ローティーン用のお洒落《しゃれ》なランジェリーがございます」

「ほう」

客はすぐに興味を示してきた。直美は男にチラリと横目で見られて、途端に不安になってきた。

「輸入物で、子どもの下着ですが、けっこうセクシーですよ」

母親がアタッシェケースから出したのは、ピンクの光沢が妖しいサテンのパンティとガーター、それに白のストッキングだった。

「子供の下着に、何でそんなのがあるの？」

「うふふ、わたくしもよくわかりません。ブラジャーはありませんが、お嬢ちゃんが成長したとき、バースデープレゼントなどにいかがですか？」

「こんなのは見たことないな。娘が穿くなんて恥ずかしいような……」

そう言って、また直美のほうを一瞥してくる。

「ご購入いただけましたら、娘に試着させて確かめていただいてもけっこうです」

母親が言うと、男にまたチラリと見られた。

「か、買うよ。買う買う！」

男は眼の輝きが違ってきた。母親がそれを言い出すのを待っていたのかもしれない。ソファにちょこんと座っている直美は、身体に視線を這わされて狼狽《うろた》えてしまう。いやらしい眼を向ける対象が母親から完全に自分に移った。

直美は恥じらっていたが、母親に急《せ》かされて服を脱いだ。ブラジャーはなかったが、結局上も脱がされて全裸になった。羞恥でもじもじしっぱなしだったが、母親に言われるとおりに、ガーターでストッキングを吊って穿き、その上からパンティを穿いた。

ピンクの光沢が美しいサテンのパンティとガーターで、美少女の可愛くも妖しい色気が醸し出された。太腿の上までストッキングがピチッと肌に貼りついていた。

大人っぽいセクシーな下着を身に纏《まと》った直美は、両手で胸を隠してはいるが、客の男に全身を舐めるように見られて、羞恥で可愛い小顔が紅潮してきた。

少女に対して大人の男は触ってはいけないのはもちろん、じっと見てもいけないはずなのに、直美は男にしつこく視姦された。気持ち悪さでぞっとして鳥肌立っている。肌に赤味が差してきて、男から見て垂涎《すいぜん》の的になるのだろう。じっくり視線を這わされて、少女の恥じらいと震えを披露した。

「この子にいろいろポーズをとって見せてもらいたいんだが、いいかな？　けっこう買うんだから」

「ええ、どうぞ」

母親は男に訊かれてすぐに認めた。直美は母親に嫌だと言いたかったが、逆らうような気力は持っていなかった。

「ソファの上に、両方の脚を乗せて……」

言われてすぐにできないでいると、

「直美ちゃん、お客さんの言うとおりにしてね」

母親に妙に甘い声で言われた。

直美は男に求められて、両足をソファに乗せた。

「じゃあ、脚開いて」

男がソファに座っている直美の前に、片膝をついて座った。

足首を摑まれて、左右に広げられた。

「いやぁっ」

大きく開脚させられて、しばらくそのままの格好が保たれた。男の手が離れると、直美は脚を元に戻そうとした。

「だめ。開いてて」

やや開きはしたが、男の顔が股間のすぐ前にある。羞恥してわずかしか開けなかった。

「もっとだ。もっと」

男が眼を血走らせて急かしてくる。直美が嫌がっていると、膝を持たれて無理やり大きく開脚させられた。九十度以上開いてそのままになった。ガーターで吊って穿いている白いストッキングの脚がM字に大きく開いて、サテンの生地のクロッチが縦長に恥裂に密着した。レースのパンティのときのように透けてはいないが、大陰唇の輪郭も見えてきた。

パンティの股布の部分が大きく覗けて、男の不穏な気配を感じた途端、手が股間に伸びてきた。

指で大陰唇をつままれて少し盛り上がった。

「ああっ」

お尻が少し持ち上がってビクッと腰に反応した。男は一瞬手を離したが、また指を伸ばしてきた。直美は魅惑のスジをなぞられ、パンティの生地を通してだが、恥裂の中に指先を潜り込まされた。

「触られてるぅ」

母親のほうを見て声をあげた。

「我慢しなさい、触られるくらい」

「あっ、指がぁ」

指先で敏感な恥部をグリッと掻き上げられた。直美は恥裂をぐりぐりと掻き出すようにいじられて、ソファの上で背をのけ反らせ、脚で踏ん張ってお尻がまた一瞬上がってきた。

「そ、そこまでです。指の先だけです。あっ、そんなに動かしたらだめですよ」

男は指二本使って力を入れてせわしなくその指先で、直美の少女の幼肉を擦り立ててきた。

「おっ、ヌルヌルしてきた」

直美の恥裂には愛液の染みができていたが、さらに指でいじられるとその染みが広がってきた。

「興奮するなぁ、糸引いてるよ」

指についた愛液をねちねちと指で捏《こ》ねて、糸を引いているところをちょっと直美に見せた。そんなことをする中年男が気持ち悪いし、その愛液というものが恥ずかしい。でも快感があったのも事実だった。しかもその液は指で触られる前から恥裂に溜まっていたのだった。

男は直美が恥じらって嫌がるのを見て、上半身のほうに興味を向けてきた。

乳房はまだ小さいため、手で少し揉まれたが、手のひら全体で摑んで揉むにはまだ小さすぎるとわかったらしく、指三本で上手につまみ上げられた。そうやって飛び出した乳首を、さらに指先でキュッとつままれた。

「あぁあン」

直美はちょっと鼻にかかる声を漏らした。痴漢にも乳房をいじられたことはない。しかも乳首をつまみ上げられて、刹那キュンと快感が生じてしまった。笹間と学生に続いてまたしても乳首をイタズラされて、直美は切ない快感に襲われた。

快感で上体がやや大きく揺れてしまった直美は、恥ずかしさのあまり火照ってきた身体を左右にひねって抗《あらが》った。

「むふふ、感じてるんだね。いいよぉ、今度は後ろ向いて」

男は乳房から手を離すと、直美はソファの上に膝で立たされて、背もたれのほうを向かされた。男にお尻を向ける形になって背後からの視線に怯えた。

「意外に大きなお尻してるね」

お尻のことは笹間にも言われていた。背中からお尻までスーッと撫で下された。

「いやぁ、そんなふうにぃ」

お尻の一番高い山の部分を、指でひょいとしゃくるようにして撫で上げられた。

「プルンと震えたね」

言われて唇を噛む。尻たぶの柔らかみを軽く指で弾くようにされた。

男の手が、左右のまん丸い尻たぶをしっかり捉えてきた。

「だめぇっ」

直美はお尻をしつこく撫でられて涙がこぼれた。嫌がって少女なりに肉がたっぷりついたお尻をくねらせる。

「むふふふ」

笑い声が聞こえておぞましくなるが、さらに割れ目も撫でられて「あうっ」と背中を反らせる反応を見せた。

子供に対して後ろからイタズラするのは痴漢だけかと思ったら、後ろから割れ目に指を這わせてきたりする。男の人との間ではそんな恥ずかしい嫌なことが起こるのだとわかった。後ろから指でいじられて、もうソファの上で脚を開いているだけなのに、全然逃げられないような気持ちになってしまった。

指先はお尻の穴をゆっくりと突いてきた。グリグリと指先を曲げ伸ばししてほじくるように愛撫してくる。もう一本指を伸ばして、膣穴に命中させてきた。

「ひいぃ、やめてぇ、あぁああぁーっ！」

直美はかん高い声を奏でて、ショックでピタリと太腿を閉じた。柔らかい内腿で男の手を挟んでいる。男の手が内腿の間でモゾモゾと蠢く。

「ああ、そこまでなさってはいけません。娘が傷つきます」

母親は刹那見かねたように口を挟んできた。しかしそこまで言ってあとは見ているだけのようだった。

「そ、そこ、手でするの、いやぁぁ」

直美は抗いの声を途切れとぎれに漏らすが、嫌がってもすべすべした内腿と割れ目の感触を指先で楽しまれていく。

少女の鋭敏な感覚器官をいじられつづけた直美は、身体を狂おしくよじり、ガクンと腰を大きく波打つように痙攣させた。

「むふふふ、いい触り心地だ」

やがて男は満足そうにニンマリ笑って、股間から手を抜いた。

直美はバックポーズから戻って、ソファに普通に座った。

男がソファに並んで座ってきた。膝に手を置かれ、その手が太腿を這い上がって、少女なりにぽちゃぽちゃした柔らかい肉がついた内腿の柔らかいところをギュッと摑まれた。

「痛ぁい」

ちょっと痛がると手が離れたが、腰を浮かせて少しだけだが男から離れようとすると、すぐ腰に手を回されて押さえられ、逃げられないようにされた。そうしておいて、またスポッと股間へ手を入れられた。

「やぁあン、もう、そこだめぇぇ！」

直美の恥裂は再び男の手でまさぐられていく。直美が脚をしっかり閉じていても、すでに手は脚の間に入り込んでいて、指がショーツの上から大陰唇の間に侵入していた。

「いやっ、し、しないでっ……ひぃ、あ、ああーうっ……」

直美は割れ目の中、そして股間全体を指先で掻くようにいじり抜かれた。指で前に掻き出す要領で、何度も割れ目をなぞられ、えぐられた。ピクン、ピクンと腰に反応して、快感がどんどん積み重なって悩ましくなっていく。

「だめぇぇっ」

直美は愛液がジュッと溢れるのを感じた。サテンのショーツに大きな染みをつくった。サテンで濃いピンクのため、染みは黒くなって見えた。

「むほほ、いっぱい出てきたな。まだ×学生なのに……」

直美は少女の一番の性感帯を感じさせられていく。

「そこまでなさるなら、特別料金をいただきます」

母親は学生が直美にイタズラしたとき言わなかったことを口にした。

男がソファから床に下りた。

「特別料金かぁ……まあ、いいよ。払うから」

男はちょっと嫌な顔をしたがすぐ頷いて、直美の前にしゃがんだ。直美は両脚を摑まれて、左右に押し分けられた。

「やーん、ひ、開かないでぇ」

「こうやって股を開いていくとね……ほーら、割れ目ちゃんもパンティの下で開いてきた」

濃いピンク色のサテンのパンティは、開脚でクロッチがピンと張って秘部にくっついている。ツルツルした光沢のあるクロッチに大陰唇の形が浮いていた。しかもじっとりと愛液が染みている。

直美は抵抗しようとしたが、内腿に指が食い込んで痛いので、もう閉じられなくなっている。わざとそうしている気がして少し涙ぐんだ。こういうことでもらう「特別料金」なんて荒《すさ》んだ恥ずかしいお金だという気がしてくる。母親はそんなふうには考えないからお金にしようとするのだと思うと、悲しくなってしまう。

「形がわかかるよ。ほら、これが小陰唇……」

「やぁン、触らないでぇ」

パンティに輪郭が浮いた二枚の花びらを、指でそろりそろりと撫でられた。

「ポカァと楕円形に大きく開いて……むふふ、ここを、ギュッと押すとぉ」

「あうっ、しちゃいやぁ」

手が離れて押さえられていない腿のほうを閉じたが、そのときにはすでに指先が少女のお肉にやや深く入っていた。パンティのクロッチが漏斗のような形になって指がめり込んだ。

「膣に命中ぅ」

「そこ、いやぁ、やだぁぁ！」

膣という言葉を知っていた直美は、男の顔を一瞬見つめ、それから快感もあって顎がぐっと上がってしまった。

「こういういかがわしいことを母娘とやるのは本当に興奮する。さあ、そろそろ、×学×年生のオマ×コを見せてもらおうか」

「そんないやらしい言い方なさらないでください」

母親はそうは言ったが、男をやめようとはしない。男にパンティの股ぐりを指で引っかけられた。

股間をかろうじて覆っていた幅の狭いクロッチは、いとも簡単に横にずらされた。少女の花びらと粘膜が飛び出してきた。

「だ、だめぇぇーっ！」

直美は狼狽えて必死に脚を閉じようとするが、片脚は摑まれて動かせないうえに、男はパンティをずらした手で閉じようとする直美の脚を押してきた。肘でグッと押されていたのでほとんど動かせない。ぽろぽろと涙がこぼれた。

「もう、男の人って、そうやってすぐには脱がさずに、少しずつですもんねぇ」

母親に相変わらず悠長に言われ、秘密の花園を暴かれた直美は羞恥の涙を見せていく。ガーターでストッキングを吊った大人っぽさとピンクのサテンショーツの姿だから、幼膣が露呈すると少女のエロスが発散されてくる。水商売だと言ったその四十代と思われる男は、鼻息荒く直美のパンティの股ぐりをずらして「少女」を堪能していた。

「まあ、ズボンがすごいテント張っていらっしゃる。ビンビンにお勃《た》ちになったのね。セックスもお強いんでしょうね」

母親は平気でそんなことを言って笑顔を見せた。言葉どおり男の前はもっこりと卑猥な隆起を見せていた。

直美は男のズボンの中のものがどのような状態になっているか直感的に悟っていた。勃起という言葉も知っている。きっとそのことだと思った。

（セックスって勃起したものを女の人の身体の中に入れること。勃ったおチ×ポを女の子の股のところの穴に入れるんだわ……）

硬くなってるから、大人の男の力でやられたら、どうしたってあそこの穴に入れられてしまう。それを想像すると、ぞっと鳥肌が立ってきた。

「これ以上恐いことしないでくださいね」

母親は娘が泣くので、さすがにちょっと口を差し挟む感じだが、直美には良心の呵《か》責《しゃく》を感じているようには見えなかった。

「顔、こっちに向けて」

言われて直美が男のほうを振り返ると、ニヤリと笑った男によってパンティをズルッと太腿まで下げられた。

「ああっ、だめぇーっ！」

直美が慌ててパンツを引っ張り上げようとすると、その手を摑まれて無理やり離された。男が顔を見ながらやりたかったことがわかって、そうやって楽しもうとするスケベさと悪質さにまた涙が出そうになった。

試着したピンクのサテンのショーツは、男の手で足先からさっさと抜き取られてしまった。

後ろにしゃがんだ男は直美の股間を見上げて覗いている。じっくり見られる恥ずかしさで、直美は「あうぅ」と声がくぐもり、恐るおそるまた男を振り返った。恥裂だけでなくお尻の穴だって男の視野に収められている。羞恥に身を揉んでいるうちに、その羞恥の泉の二穴に男の指が襲ってきた。

「アァアアアーッ」

二穴同時に指先が数センチ入って、そのおぞましい快感でかん高い声をほとばしらせた。腰を強くひねって男の指を振り切ろうとした。

全裸に剝き上げられた直美は「いやっ！」と、一言拒絶するような声をあげただけで、男によって床に仰向けに寝かされると、そのまま観念する気持ちになってしまった。

じっと全裸の身体を横たえている。母親と男の大人二人の前で真っ裸にさせられた直美は普通の女子×学生に過ぎない。気持ちとしてどうしても観念してしまう。

直美は男に両脚を抱えられて、いわゆるまんぐり返しのかたちに持っていかれた。少女の小さな花園が丸見えになった。

「うあぁ、な、何をするのぉ。やーん、恐いぃ」

上げた両脚の膝の裏あたりを男が手でグイと押して、胸のほうに倒された。まんぐり返しのポーズがさらに深くなって、股間を上から見下ろされた。そんな恥ずかしい格好は想像したことがなかった。

「少女のこういう格好は興奮するなぁ。大陰唇がプクッと膨らんで、お尻の綺麗な丸みと、お尻の穴も。むふふ、赤っぽい割れ目がよーく見えるぞぉ」

男が卑猥に言うように、もう直美の隠しておきたかった前後の秘穴が丸見え状態だった。

その幼穴、尻穴へと男の手が伸びてきた。

「ああっ、触らないでぇ！」

指で直に恥裂を触られて、大きな抗いの声を披露した。また身をくねらせて脚も少しばたつかせる。

「直美ちゃん、暴れちゃだめよ」

母親におとなしくするように説得されても、幼穴にピクンと刺激が襲って慌ててしまう。男の手の動きが一瞬止まったが、指は膣からちょっと上のほうへ移動して、ゆっくり曲げ伸ばしされていく。少女の中心部を撫でられ、あちこち指先で押されて、割れ目の中に指を一本ピタッと当てられて、上下に掻き出すようにされた。

「あぁあああっ……」

ビクンと腰に痙攣が起こった。指先は肉芽から膣穴まで擦ってきて、その快感でまんぐり返しになった百四十六センチの身体がグラッと大きく揺れた。特にクリトリスを右に左に円運動で擦られて刺激されると、羞恥と快感と興奮のあまり華奢な身体を悶え震わせた。

尻、太腿、お尻の穴も指で愛撫されて、大陰唇の割れ目内部に両手の指の、人差し指と中指の四本が入ってきた。その指で横にクワッと開かれた。

「はぁうっ……」

剝き出しになった膣を舌でペロペロ舐められていく。

「ああーうっ、はぐぅ、あぅ、あうン」

直美は声がくぐもり、全身に力が入って背筋を浮き上がらせた。抵抗して身を左右にくねらせるが、それを面白がって触りまくる大人の男の好色さを悟らされた。

割れ目からお尻の穴まで繰り返し舐め上げられた。快感の喘ぎ声が「あぁ、あぅぅ……」と涙声に変わり、顔を紅潮させて、全身に赤味を浮かび上がらせた。

愛液でぬかるんだ膣穴に、邪悪な人差し指が一本ついにヌニュッと挿入された。さっきは指先が入っただけだが、今はもう半分以上深く穴内部に埋まってしまっている。

「あひぃぃぃ、そ、そこぉ、いやぁぁぁ！」

全身でわなないて、身体は硬直していく。さらに、セピア色の皺穴にも、もう一方の手の人差し指が深く入ってきた。

「だ、だ、だめぇぇーっ」

膣口とその周辺が少女の粘液で濡れ光っている。男の指がゆっくり出し入れされて、その愛汁でヌルッ、ヌルリッと滑りぬかるんでくる。

「小さい子にそこまでなさるのなら、申し訳ありませんが、もっと特別料金を……」

「だめぇっ」

直美はその特別料金という言葉に反応して、膣がギュッ、ギュッと締まっていく。ふだん意識したことのない幼い肉壁が、クイクイ男の指を締めつけた。

「ほら、口でいやって言っても、感じて愛液が出てるじゃないか」

男の言葉が直美の心に刺さってきた。それは女を無理やり犯すときの男の常套句《じょうとう》だったが、それを知らない直美はその恥ずかしい液が溢れたことで、自分も女の子として何か悪い部分があるかのように思えてきた。

「愛液はな、むふふ、男のおチ×ポが滑って、オマ×コに入りやすくするために出るんだぞぉ」

「い、いや、いやぁぁ……」

それは直美も完全にはわかっていなかったが、想像していたことだった。それをこんな辱《はずかし》めの状態で卑猥に告げられて、悩み乱れていく。

悶えさせられているのは、膣肉のみならず少女のいたいけな肛門にも指が第二関節を越えてズッポリと挿入されているからである。直美の心は後ろの挿入感にもおののかされて、反射で男の指をギュッと締めつけた。指二本、前後の秘穴にブスリ、ブスリと入れられて、膣と肛門がごく近い距離にあることを如実に感じていた。

男は両穴に入れた指を十数回は出し入れさせたあと、ヌポッ、ヌポッと指を両方とも抜いた。

だが、そのあとすぐ、男の動きが速くなった。まだまんぐり返しの体勢は崩さずに、直美に前からのしかかってきた。

「それはだめですっ」

母親は血相変えて男を止めようとした。

男は穿いていたジャージを片手で何とか下して、ブリーフの穴から勃起したものを手でごそごそと出した。さらに、その強張りを直美の濡れた幼穴へと前進させてきた。

直美は何が起ころうとしているのか一瞬わからなかったが、その男のものが何なのかは知っている。

（い、入れる気だわ！）

刹那、女の子の一番隠しておかなければならないあの穴に、ムクムクと勃って硬くなった大人の男のおチ×ポを突っ込まれようとしていることがわかった。

「くっつけるだけだ。擦りつけるだけさ」

「おチ×ポが勃起したのは押しつけたら、ズボッと入ります」

母親はさすがに男を強く止めてくる。男は不服そうな顔をしたが、直美から少し離れた。

直美も脚を下して「はふうっ」と溜め息をついて横向きになり、男に背を向けて身体を丸めた。

まんぐり返しが終わって直美は楽になったが、男は次の要求をしてきた。

「直美ちゃんの後ろに回って、脚を抱《かか》えて、オシッコさせる格好にしてくれないか」

「えっ？　何ですって」

母親はとんでもないことを求められて、眼を白黒させた。直美は今何を言われたのかさえわからない状態だった。

しかし母親はわかったようで、

「特別料金は倍になります。それでよろしいですか？」

そう言った。

「ええっ」

直美は自分の耳を疑った。母親は男に要求を拒まないどころか、料金を釣り上げて男に応えたのだ。

「はっはっは。わかった、それでいい」

男が大きな声で笑って認めた。母親は直美の背後に来て、嫌がる直美に「もうここまで来たんだから」と割り切った眼つきになって言い、男の前で直美の両脚を手で抱えて、放尿のポーズにさせた。

男は股間が開いた直美の前で舌を出して、わざとらしく上下に大きく舐める真似をしてみせた。

男の顔が股間に接近してきた。

「だめぇぇ！」

直美は眦《まなじり》を裂いて嫌がり、恥裂を手で何とか隠すが、その手を男に摑まれて離されてしまった。

男に割れ目を指で拡げられ、舌でピンクの肉粘膜を舐められた。

「いやぁーっ、舐めるの、いやぁ！　あぁ、あぁあん……」

直美は快感でお尻を揺らし、股を閉じようと足掻《あが》く。後ろの母親のほうに背をのけ反らせていく。

「はふぅン、あはぁうン……」

少女らしくない淫らな声をあげて、小さな身体をビクン、ビクンと何度も痙攣させた。

愛液が溢れて、ほとんどイキかけている。その達しそうになる感覚が直美にもわかった。

男の顔がすっと離れた。

何だろうと疑問に感じたら、男がいったんブリーフの中にしまった肉棒をまた出してきた。

「ええっ」

眼を見開いて、男の武器を見つめた。

「それはだめですったら！」

母親も驚いて、オシッコポーズにさせた直美をストンと床にお尻をつけさせて、男に手を伸ばして止めようとした。

「違う。やりはしないよ。絶対入れない。くっつけるだけだ」

「だめです。入れるつもりなんでしょ」

「入れない。嵌めないよ。グジュグジュ擦りつけるだけだ」

男はもう直美にのしかかったりせずに、手で肉棒を持って先っぽだけ直美の敏感部分に接触させてきた。

言ったとおり肉棒を挿入しはしなかった。勃起を手で持って、直美の濡れた恥裂にねちょねちょと擦りつけてきた。

右手でおチ×ポを持って、剝き出しになった膣に擦りつける。亀頭を直美の少女膣の上でさかんに上下動させるものだから、小陰唇が擦れてヌラヌラして、クリトリスも擦れて快感が昂《たかぶ》ってくる。

「だめぇえーっ、そこ、ぐちゅぐちゅするのはぁ……か、感じるからぁ！」

啼《な》きわななくが、同時に本音も出てしまった。快感が少女秘部全体を襲って愛液まみれになっていく。

「直美ちゃん……お客さんの勃起したのは、うふっ、入れないみたいよ。亀頭を、先っぽだけ擦りつけていただきなさい」

直美は母親の言葉を聞いて、そのショックと羞恥、亀頭で幼膣粘膜と肉芽を摩擦される快感で、身体がたわみ、滂沱の涙を流しながら身体が硬直して動けなくなった。

挿入しないというのは嘘ではなかった。だが、亀頭が強く擦りつけられた瞬間に、膣の処女膜を拡げるようにして一瞬だが膣口の中に入っていった。

「ひぎぃ、い、いやぁーっ！」

直美は男の勃起を一瞬だが挿入されそうになって悲鳴をあげた。警戒して見守っていた母親が慌てて両手で男の腰を押してとどめたので、何とか挿入は防ぐことができた。

「今のは違う。わざとじゃない。擦りつけるだけだ」

男が言うと、直美は首を振りたくったが、母親は無言だった。故意にやったようではなかったため認めたようで、男はそのあとも同じように肉棒を握って、先っぽの亀頭だけせわしなく直美の膣から肉芽まで上下に擦りつけてきた。

それは数分間続いた。

そして……。

「おうぅ……むぐ、むぉあっ！」

直美は男の呻《うめ》きとともに、膣の粘膜で亀頭の膨張とビクンと跳ねる脈動を感じた。

ドビュビュッ！

膣よりやや上の肉芽のあたりで、熱い液の噴射が起こった。

「おうあぁっ――」

ドュビュッ……ビュビュッ……。

直美は肉棒の先から自分のほうに白い液の塊が飛んでくるのを目撃した。

「ああっ……お、お母さーん！」

思わず啼き声がほとばしる。

「直美ちゃん……」

母親が哀しいような音色で声をかけた。

男はまだ亀頭をグッと恥裂に押し当てて、上へとえぐり上げてくる。

ドビュッ、ビュッ、ドビュルッ！

白濁液は無毛の生白い恥丘から、平べったいスベスベした下腹、可愛いおへそからもっと上まで、勢いよく飛び出してビチャッとおぞましくかかった。

「むお、出たぁ……おぉう、で、出たぁぁ……」

聞きたくもない男の淀んだ声に、直美は虫唾《むしず》が走った。

「い、いやぁ……いやぁン、ああ、いやぁぁぁ……」

下腹についている白濁液を手で拭おうとしてできない直美だった。手をそこまで伸ばすが、指がその男の体液に触れそうになっているところで震えて止まっている。

「むほぉ、少女がこんなにいいとは思わなかった。オッパイもお尻もアソコも、大人の女より興奮できる。よほど美人じゃないとこの娘にかなわないな」

男は溜め息をついて、そう言った。

直美は膣に精液は入っていないのに、なぜか赤ちゃんができちゃうと思った。

（あぁう、あぅ……わたしの身体ぁ……あぁ、男にはない入り口があるぅ。おチ×ポをギュッと入れられちゃう。狙われてるっ……）

大人の男が自分のような少女に何をするつもりでいるのか、これまで漠然としか想像していなかった。

ビンビンに勃ったペニスから射精されて、直美は今、はっきりと悟った。

第四章　電動こけしの絶頂快感

直美が学校から帰ってくると、母親は支度をして仕事に行こうとしていた。タンスの引き出しからビニール袋に入ったセクシーな下着を出して、一枚、二枚と黒い大きなバッグに入れていく。それを直美はいつまで恥ずかしい訪問販売が続くんだろうと、悩ましくなりながら見ていた。

直美はちゃぶ台の前に座っていたが、母親は直美をちらっと見て、バッグから何かの商品だろうか、細長い箱を取り出した。

その箱をちゃぶ台の上に置いて、中の物をコロコロと音を立てながら長い蓋を何とか開けた。

「これはね……」

母親が言いかけて箱から出したのはこけしの形をした玩具で、根元から長いコードが出ていた。

　直美はこけしを渡された。

「大人の玩具よ」

　その名称は聞いたことがあるし、何に使うかもだいたいわかっていた。

　母親は仕事に行く前に自分に教えておこうとしたのだと、直美はドキリとしながらその玩具を見つめた。これまでのことから考えて、母親は自分のやろうとしていることを隠さずあけすけに言ってくることはわかっていた。

「大人の玩具屋さんから仕入れてきたの。会社を馘《くび》になっちゃったでしょ。こういうことでもしないと食べていけないわ」

　母親はこれまで、お客さんも自分のしたことが恥ずかしくて他人には言えないと高をくくるように言っていた。そして女性下着の訪問販売を試着という「裏技」を使って続けていた。だが、事態が急変した。会社に密告する客がいたのだ。母親は結局会社を馘になってしまった。ちょうど一週間前のことだった。

「ノウハウがわかってるから、同業の他の会社もいいけれど、そういうところへは、もう噂で広まってるだろうから行けないと思うわ……」

　母親も悩んでいるが、直美にとってもつらいことになった。転校した学校のクラスのお友だちには父親の横領のことは知られていなかったが、もともと母親の仕事が訪問販売だということと、さらに馘になったことで、転校先でもいじめられるようになった。救いは母親や直美の全裸試着のことがばれずに済んでいたことくらいだった。

母親がコードでつながっているスイッチボックスを手にしている。こけしはゴムでできていて顔もあるが、全体が肉色で眼や鼻、口も色はついていない。

スイッチが入れられると、ブーンと音がしてこけしが振動しはじめた。

「うわぁ」

直美は手に強い振動を感じている。

「女のあそこの穴に入れて、出し入れする道具よ」

聞かされた瞬間、やっぱりと思った。こけしの形は男のおチ×ポに似ている。

(振動であそこを感じさせるんだ)

母親は会社を馘になったあと、個人でいかがわしい営業を始めた。電動こけしなどのバイブレーターとイボ付きコンドームの販売だった。

「これからも裸になりなさい。学校のお友だちには絶対わからない遠くの人のところに行ってやるから平気よ」

「いやぁ、そういうことじゃなくてぇ」

「こないだは直美ちゃんも感じて、あの液が出たわね。いいのよ、女は裸とかエッチな下着姿を見られて感じちゃうの。直美ちゃんもいじられる前にあそこが濡れてたでしょ」

「えっ……それは……」

母親に言われてさらに悩ましくなってしまう。確かに羞恥と快感で愛液まで出てしまった。直美は否応なく自分の中の女を意識させられた。

（どうしてこうなっちゃうんだろう？）

直美は考えてもわからない。短い期間に自分の身体が大きく変化したような気がしていた。

「大人の女のムチムチと小さな少女の身体の落差がすごいの。お母さんは毛が生えてて、あなたはツルツルの綺麗な割れ目が……。男の人はそれを見て比べてどれだけ興奮すると思うの？」

「いやっ、わたし知らない！」

「男の人は母娘が同時に裸になって感じちゃうと大興奮よ」

「そんなことぉ、絶対しちゃいけないもん」

直美はだんだん涙声になってくる。

「いけないって言ったってもう遅いわ。わたしたち母娘は落ちるところまで落ちたんだから」

「うあぁ、お母さんが勝手にやったことじゃない」

まったく自分本位な言い分で返されて、直美は可愛い顔をしかめっぱなしになる。もう何を言っても無駄な気がした。

「ちょっと小腹がすいてきたわね。まだ五時前だけど、ちょっと食べてからお仕事に……」

母親は平気な顔をして、買い物かごを持って外へ出た。

直美は母親が外出したあと部屋にポツンと一人になって、母親が手に握らせて置いていった電動こけしをじっと見つめた。

「こんなもの売るようになってしまったのね……」

子供ながらに大人の玩具が恥ずかしい。男が面白がって使ういやらしい道具だとは思うが、女の人も好きでなければ使えない。女もお股の穴に入れられて興奮する。そう思うと、直美は自分自身のこととしても恥ずかしくなってくる。

(まさか、これを客に使わせて……下着の試着と同じで!)

異常なことが頭の中に浮かんできた。

ちゃぶ台に置いていた電動こけしを手に取った。

（あぁ、さっきブーンって振動がぁ……）

電池が入ったスイッチボックスを握った。眼がとろんとして胡乱《うろん》な眼差しになる。

スイッチを入れた。

こけしがブーンと唸《うな》りはじめて、直美の手に淫靡な振動を伝えてきた。

（ちょっとだけなら……）

こけしを自分の股間に当ててみた。

「ああっ」

直美は今まで感じたことのない妖しい快感に襲われた。股間の中でところどころ当てる場所を変えて、肉芽に当たるようにした。直美はその場所が一番感じることを知っていた。

「あぁ、感じるぅ」

股を開いていく。今日は女児ショーツを穿いていた。そんなパンツを穿く子供の自分がやってはいけないことだ。でも、感じる！

（あ、あそこが……お口開ける感じにぃ……）

大人の男たちにいじられ抜いたのは少女の花びら。そのピラピラした襞が開いた。

穴もポカァと開く感じがした。

しばらく当てたままにしていると、急激に快感が昂ってきた。

「あっ、あぁン……はうぅぅーっ！」

愛液が出そうになって、直美は慌ててこけしを割れ目から離した。

直美はこけしを扱っていたことを悟られないように、ちゃぶ台に置いてあった場所に正確に戻しておいた。

やがて、母親が買い物から帰ってきた。訪問販売が長く時間がかかったりすると、お腹が減ってくるからと言っていたが、スーパーでお惣菜など買ってきたようだった。

「あら、箱に戻すのを忘れてたわ」

母親は直美がやったことには気づかずに、細長い箱にこけしを入れてバッグに戻した。

軽く食事をとると、

「もう、これまでのお客さんのところへはいけないわ。客の誰かから密告されたんだと思うとね、行く気がしなくなったわ」

そう言って、新しい客を訪問した。だが、この日は何軒も断られて玄関にさえ入れてもらえない門前払いもあった。飛び込みというのは大変なんだと母親は言っていたが、そのとおりだった。直美が最初に連れていかれた客の笹間に電話をかけても出ないので、仕事か何かで留守なのだろうとも言っていた。

数日して、母親は直美が三番目に連れていかれたところに電話して、正直に会社を馘になったことを伝えたようだった。母親が言うには向こうは驚いていたし、気の毒だと言ってきたという。

「告げ口したのは、少なくともその人じゃないと思うわ」

ぼそりとそう言った。母親は信用しているらしい。もともとその男もかなりのことまでしているので、会社には言わないだろうと直美も思っている。

母親はその水商売だと言っていた中年男に電話で了解を得たようで、早速直美は母親に連れられて再び男のところに行くことになった。

「いやっ、またあの人のところなのぉ」

直美は先週連れていかれて、ひどくイタズラされ、最後は割れ目と下腹に射精されてしまった。そんな男の家にまた連れていかれるなんて、本当に虫唾が走る思いになる。

「直美ちゃん、お母さんと二人ともセクシーランジェリーを着てあの人のお家に行くのよ」

「ええっ」

下着は試着するのではなくて、初めから身に着けていく。男の前で裸になって着替えるのも恥ずかしいが、そんなことはよけい恥ずかしい気がした。

「さあ、裸になって」

「やーん、エッチな下着着ていって、服を脱ぐのぉ？」

「そうよ、男の人、目の前で着替えるのも見たいでしょうけど、最初から着てて、一枚一枚脱いでいったり、脱がしていただいたりするのも、興奮するはずよ」

「あぁう、そ、そんなこと恥ずかしいわ。スケベだもん。それに、こけしも……やらしい大人の玩具もあるわ」

「うふふ。母娘で身体を使って、いーっぱい恥ずかしいことしてみせて、男の人のおチ×ポをビンビンに勃《た》てるの。そしたら売れるのよ」

「あ……ぁ……」

直美はショックで言葉が出なかった。両手で震える身体を抱くようにして縮こまった。

まもなく直美は母親に無理やりセクシーな下着を着せられて、好色な中年男性の家に向かった。

母親はもはや会社を馘になっているため、当然車など使えず、電車に乗って男性客の家の近くの駅で降りたが、そこから十分くらいは歩きだった。真夏の炎天下日傘は差しているものの、男の家に着くころには、直美は汗で身体中じっとりしていた。

「また伺《うかが》わせていただきました。先日はたくさんお買い求めいただきましてありがとうございます」

直美は玄関に出てきた男に挨拶する母親の横で小さくなっている。上目遣いにその四十歳くらいの男を見ている。戦々恐々としていたが、母親はにっこりと営業スマイルをしてみせた。

応接セットのある居間に入ると、前に来たときと同じようにソファに座って、正面に座っている男のジトッとした好色な眼差しを受けた。

直美は今からでも逃げて帰りたいような気持ちになるが、また前回と同様に母親によるセールスが始まった。

「こないだご購入いただいたパンティとブラジャー、それからネグリジェ、奥様に喜んでいただけましたでしょうか？」

母親が眼を細めて愛想笑いしながら訊《き》くと、

「それがもう喜ぶなんてものじゃなくて、久しぶりにハッスルして、一発やりましたよ」

「おほほ、それはよろしゅうございました。今日見ていただきたいのは、ビスチェとビキニのパンティでございます」

そう言って母親は試着がどうこう言わずに、スーツの上下を脱いでいった。

紫のビスチェとその下の黒のビキニショーツとブラジャーのランジェリーを身に着けた姿が露《あらわ》になった。

「おぉ、着ていたのか……こりゃあいい」

ショーツもブラジャーも黒だが、シースルー素材で肌がほぼ透けて見えている。陰毛が綺麗に剃ってあるのがわかった。

男はソファに座って母親のセクシーな姿を眼を凝らすように見ている。

(今日のために、剃っていたんだ)

前の訪問販売のとき、陰毛は生えていた。直美はそんなことまでして男に媚びるのかと思うと、恥ずかしいし、つらい気持ちになった。

「奥様ほど若くて綺麗ではないでしょうが、でも、わたくしの試着で想像してみてください。買っていただけるなら新しい同じものがあります」

母親が身に着けている紫のビスチェは、レースがふんだんにあしらわれて、セクシーこの上なかった。

「女房より綺麗だよ。貴女《あなた》が今着ているのでいい」

「そうですか、ありがとうございます。このレースのひらひらはすごいでしょ。わたしよりずっと若い女性向きです」

「いやいや、そんなことない。すごく似合ってるよ」

「お股のところ、恥ずかしいです。丸見えです、ほら……」

母親がこれ見よがしに股間まで開いて男に見せるので、直美はいやっと顔をしかめるが、そのときにはもう男の手が母親の脚の間へすっと入っていた。

「あ、あぁぁ……」

母親は虚《うつ》ろな眼をして、顎を上げ、口は半開きになっている。

「あぅ、む、娘もランジェリーを着ております」

「おお、そうか」

直美は男にジロリとどこか冷たい眼で見られた。

「直美ちゃん、服脱いで下着を見せて」

直美はミニスカートの前のボタンを全部外した。はらりと前が開いて一枚の布切れになった。スカートは男にさっさと取られてしまった。肌色に近いごく薄いタイツを穿いて、その下に濃いピンクのパンティを穿いている。前は一部花柄のレースになって割れ目が透けて見え、お尻のほうはほぼシースルーになっていた。

「こんな少女のパンツなんて見たことがないな。セクシーランジェリーだね」

男が直美の下半身を凝視しながら近寄ってきた。

「そうでしょう」

母親がにんまり笑うが、直美は男を恐がって尻込みした。

母親は会社を馘になって商品にする下着は自分で買ってくるしかなくなっている。大人の玩具屋の輸入物のコーナーで買ったものだった。

直美はブラジャーもしていた。カップの上半分がシースルーになって、セクシーという以上にエロチックだった。クッションが入っていない薄い生地一枚でできていて、ピチッと二つの円錐形の幼乳に貼り付いていた。

アジャスターで調節してあるので、乳房を上へ引っ張り上げるような格好になっていて、直美の乳房はやや上を向いていた。少女の小さな乳房なのに、そのブラジャーは完全には乳房を覆っていなかった。

「大人のブラジャーですけれど、乳首の周囲を覆うくらいの極小ブラジャーで、輸入なくされた。


物のエッチなブラですわ」

「はっはっは、そういうのがあるんだねえ。この子にぴったりかな」

母親がブラジャーの説明をしていると、男は直美の胸に目と鼻の先まで顔を近づけてきた。直美が「いやぁ」と、嫌がって身体をひねると、二の腕を引っ摑まれて動けなくされた。

「痛ぁい」

直美は痛がって顔をしかめるが、男は手を離してくれなかった。

男は直美の腕を摑んでおいて、ブラジャーの上から口を押しつけてきた。顔を左右に振って鼻や唇をブラの上からだが乳房に擦りつける。

「だめぇ、いやだぁ、手を離してぇ」

直美は声をあげて上体をよじり、抵抗するが、ブラジャーからはみ出した乳房をネロネロと舌で舐められた。

「やーん、舐め……ない……でっ！」

声が途切れとぎれに出る。根負けしそうになりながらも顔をしかめて、身体を何とかよじるようにして抗《あらが》うが、男は「むほぉっ」と興奮する声を漏らして興奮している。気持ちの悪い舌を伸ばせるだけ伸ばして、乳首までベロンと大きく舐め上げられた。

「うわぁぁぁ」

直美は乳首におぞましい快感が生じて背中をのけ反らせ、全身を震えわななかせた。

「そんな、乳首は子供でも感じちゃいます」

母親がまたどこか笑い混じりに言う。男をやめようとはしなかった。

直美はとうとうカップを下から指でしゃくり上げられて、ぽろっと乳房を露出させられてしまった。顔をしかめて「あうぅ」と泣きべそをかいている。

乳首は左右とも露になって、男の口で吸いつかれ、舐めしゃぶられていく。チューッと強く吸われたりもする。ブラジャーはもう外されてしまった。

「すみません、脱がした下着は買っていただきたいのですが」

母親が横から男に購入を求めた。

「うん？　どういうことかな」

「えー、つまり脱がさないと買えないということなんですけれど……。お願いします」

「ははは、ブラジャー取ったからまず買って、それからパンティを脱がすには、まずタイツを脱がさなきゃいけない。その二つ買わなくてはいけないわけだ。上手《うま》くできてるな」

「そう言うつもりじゃないんですけど」

「ははは、まあいいさ。全部買うよ」

男は気前よく言うと、直美の突起した乳首を意地悪く歯で甘噛みしてきた。

「あひぃぃっ！　し、しないでぇ。あうあぁぁ、そこぉ、いやぁ、やだぁぁ……」

直美は激しく嗚咽し、涙を流しながら上体をのけ反らせたが、同時に快感にも襲われていた。シースルーパンティとタイツしか身に着けていない直美は、わずかに疼痛をともなう乳首の快感で、白い華奢な身体を悶えるようにくねらせている。すでに愛液がじくじくと滲み出していた。

やがて男の手がお尻のほうに回されて、やわやわと尻たぶの山を揉まれはじめた。前から抱かれる格好で両手で鷲掴みにされると、直美のまん丸いお尻は尻肉全体が男の手の中に入って、ムギュッと強く揉みつぶされた。

「あっ、い、たぁ……そんなにしちゃ、いやぁぁ……」

わざと強く揉んで面白がっている。そんな男の意地悪さ、いやらしさが心を傷つける。それに尻肉だってやはり感じてくる。

しばらくして、直美はくるりと後ろを向かされた。

直美はタイツの腰のところのゴムに男の指がかかるのを感じた。

不安な気持ちに襲われた瞬間、タイツはさっとずり下ろされてしまった。

「やーん」

ショーツがシースルーだとわかっている直美は恥じらって腰をひねるが、男はお尻丸見えのパンティに異常な興味を示してきた。手のひらをお尻にべたっとつけて、ぐるりぐるりと回して撫でてくる。

「おぉ、少女の透けすけパンツはいいぞ。こうしてやる」

撫でられるお尻のほうを振り返る直美だが、ちょっと母親と眼が合うと、相変わらず仕方がないわというような感じの笑みさえ浮かべていて、もちろん止めようとはしない。

「うーむ、パンツの上からでも、肌の柔らかさと温かみが感じられるなあ」

お尻から土手の部分、パンティのライン、割れ目までじっくり両手で撫で回された。

「いやぁっ……触ったら、だめぇーっ！」

直美は音《ね》をあげてひときわ大きな声を出してしまった。男の手は離れたが、直美は下着を買われて脱がされることは免《まぬか》れない。母親との話でそれはわかっている。

母親はさっきからどこか笑うような顔をして見ている。自分を笑っているのではなくて、客に対する愛想笑いだということはわかる。触られるのも嫌だけど、裸のほうがもっと嫌かもしれない。思春期の微妙な気持ちは全裸ということに強い抵抗があった。これまでもやられてきたが、慣れるなどということはなかった。

　直美はその場にしゃがまされて、お尻を床につけた。

「脚を開くんだ」

「いやっ――」

　開脚を強要されて、本当に嫌だという気持ちがすぐ声になって迸《ほとばし》り出た。しかし、男に無理強《じ》いされて気も挫《くじ》けてくる。母親が客の側についていることもあって、なおさら弱気になっている。直美はおずおずと脚を開いていった。

「むふふ、開いたね。閉じたらだめだ」

　正面からじっくり股間を見られている。

「もっと開くんだ」

「い、いやぁ」

　言われると羞恥して脚が動かなかった。

「開け、ガバッとだ！」

　面白がって両手で開くような仕草をして命令された。

「あぁ、ひ、開けばいいのね……」

直美はどこか不貞腐れるように言うと、さらに後ろ手を床について脚を直角以上に開いていった。

男は直美の股間に向かってぐっと身を乗り出してきた。故意にかどうかわからなかったが、もう調子に乗ってそうしているような雰囲気を直美は感じた。

「もっとだ、限界まで百八十度だ」

直美は無神経に命じられて顔が涙ぐみ、力なく首を振る。羞恥心で顔も紅潮している。

シースルーパンティの股間を見たがっている男の前で、とうとう身体を小刻みに震わせながらさらに大きく股を開いていった。

「丸見えだ。少女のお股がよーく見える」

そう言われて、直美は羞恥とどこか観念に似た心理の中でのけ反ってしまった。

さらに男の顔が近づいてきた。舌を出してペロッと割れ目を舐めるような真似をしてくる。顔はまだ股間に埋もれるようには入っていないが。秘部をショーツの上からでも舐められるような気がしてしまい、にわかに怖気が振るった。

恥じらいから脚を閉じようとしたが、膝小僧に手がかかってグイとまた開脚させられた。

「あーっ、そういうふうにするの、いやぁぁ！」

抗いの声を絞り出すが、脚を閉じることは許されない。

「お嬢ちゃん、パンツ穿いてるからいいじゃない。お母さんと割り切ってこんな商売してるんだから……。ぐふふ、お股をよーく見せてね」

「いやぁっ、もうスケベなこと言わないでっ……」

涙ぐみながら訴えるが、男はニヤリと陰湿な笑みで応えてくる。男からは手を伸ばせばすぐ股間に届く距離になっている。

敏感な内腿を手がすーっと滑るように撫でてきて股間に達した。少女の性的な部分の膨らみがしっかり指先で捉えられると、直美は「やぁあン！」と鋭く声をあげてのけ反り、邪《よこしま》な指から逃れようとして何度も身をくねらせた。


母親は直美が秘部にイタズラされる姿を黙って見ていたが、やがてアタッシェケースの代わりに持参した黒いバッグから電動こけしを出してきた。

「大人の玩具はいかがですか？」

「うむ、それもいいが、こういうのは店でも売っている」

「はい、でも買っていただけましたら、試していただいてもいいですよ」

母親の「試して」という言葉で直美は嫌なものを感じた。

「うん？　試すってどうするんだ」

客が興味を示してきた。

「はい、わたしやこの子に使ってみてください」

「えーっ」

直美は顔をしかめた。母親が大人の玩具を使わせることを平気で口にした。やっぱりそういうつもりだったんだ。直美は恐れていたことが起こったと思った。

「おお、いいねぇ。買うよ、商売上手《じょうず》だね」

「大人用子供用ランジェリー一式、電動こけし、イボ付きコンドーム、すべて買っていただけましたら、お客様のやりたいことのすべてができます」

「うはは、そうかい。わかった、全部買ってやる」

「ただ、娘には、セックスとこけしの挿入は許してあげてください」

「わかった。そこまでさせろとは言わない」

直美は自分のことを含めてどんどん大人の玩具について話が進むので、気が気ではなかった。

「ギリギリまでなさっていただいてけっこうです。こないだは娘に、こ、擦りつけて、ドバッと出されましたね。特別料金はいただきますが、お口に出されてもいいですよ」

「やーん、擦りつけてぇ？　だめぇぇ……。だ、出すのは、いやぁっ！」

直美は眼に涙を浮かべて声を荒げた。母親がまた口にした特別料金という言葉にも心を傷つけられた。

「は、払う。特別料金払うよ」

「わたしにはお嵌めになってもいいです。膣《なか》は許してください。あぁ、わたしの顔でも娘のお口でも、たっぷり出していただいてけっこうです」

「あ、あぅ、もう恐いこと言うの、い、いやぁぁ……」

母親の不気味でいやらしい言葉と、男の好色な眼差しに煽られて、直美は自然に胡乱な表情になってくる。愛らしい赤い唇が開いて、小さな顎も自然に上がってきた。秘部の奥まで、男の勃起がずぶずぶ入ってくるような恐さやおぞましさを感じた。

「さてと、こけしを買う条件として、娘に使ってもいいんだよな？」

直美は電動こけしを手にした男に、鈍い眼光を放つ眼で見られた。

「ひっ……」

その眼差しは恐かった。母親に渡されたこけしは、自分でちょっと試しに使ってみた。わずかな時間ではあったが、股間でその振動を受けて感じてしまい、肉芽で特に快感が高まった。

前回は男に指と舌、そして勃起したおチ×ポでこってり愛撫されイタズラされた。幼膣から愛液が溢れてしまった。電動こけしなんかで感じさせられたら、快感を誤魔化してやり過ごすなんて不可能だとわかっている。直美でも知っている絶頂に達してしまうことは避けられない。

好きでもない、いやらしい大人の手でイカされてしまう。しかも大人の玩具で……。そんなこと絶対いやっ！

プルッと首を振って、少なくとも心の中ではその卑猥な電動こけしを拒否した。直美は愛らしい赤い唇を噛みしめて、羞恥と屈辱に耐えている。

「処女ですから、挿入は許してあげてください。電動こけしはそんなに大きくないですが、入れるのはまだ無理です」

母親は直美の様子を見ながら、娘を守ろうという意志はあるにしても、かなりあからさまなことを口にした。男は「わかってる」と笑って頷いた。

電動こけしの丸い頭の部分が激しく振動して、直美の滑らかな恥裂をかすめていく。

「ああっ、だ、だめーっ」

直美の性感帯はそっと触れられただけで蠢《うごめ》き出した。快感がざわざわと起こってくる。華奢な腰の腰肉まで反射的にギュッと力が入っていく。

男は割れ目の上部を狙って、こけしをゆっくり押し当ててきた。

「あひぃぃ、そ、そこ、だめぇぇっ……」

直美はクリトリスを直撃されて、たまらない性感がお肉内部を突き抜けた。思わず脚を閉じるが、じっとこけしを当てられて、膣がクイクイ締まって恥ずかしい反応を示した。

「ほーら、穴が閉じたり開いたりしてる。ふふふ、電動こけしの効果抜群だ。さあ、お嬢ちゃん、脚を閉じてちゃだめだ。股を開いて。もっと大きく開いて」

「あはぁう……そ、そんなものでっ、いやぁぁ、感じさせるのだめぇっ。しないでぇ」

こけしの振動だけでなく、男の悪辣な言葉までもバイブレーションとなって、直美の性のお肉と心を揺さぶり、侵食する。

幼穴内部から粘液がジュッとこみ上げてきている。それを直美も感じて狼狽《うろた》えてしまう。膣口に濡れを生じさせた。

「うーん、どうしたぁ？　むふふふ」

男の笑いで直美は眼を閉じて首を振る。さまざまに辱《はずかし》められていても、やはり感じさせられて愛液まで溢れ出したら、母親が見ていることもあって恥ずかしくて泣いてしまいそうだ。

こけしの頭はブーンと唸りながら、恥裂に振動を与えつづけている。

「いい子だね。股をパカァと開いてる。大股開きでやられると、よけい感じるんだろ。味わっていけ。最後は……ぐふふ、イク、イクーッって言って、イクんだよ」

「だめぇ、こんなこと、しちゃいけないもん」

直美は男に言われたことはわかっている。それだけに現実に自分の身に起こることとして恐くなる。

「いけないって、何言ってるんだ。お嬢ちゃんにはもうだめとか、しないでとか言う権利はないってわからないの？　お金で買われたんだ。お母さんが納得して、おチ×ポ嵌めない限り、何してもいいって。だからたっぷりと可愛がられるんだよ」

「あぁ、あぁぅ……」

お股の快感が急上昇して、言葉でも観念させられそうになった。

「お、お客様、言い方がこの子にはいやらしすぎます。まだ×学×年生、×歳です」

「うおぉ、いいねえ……チ×チンが勃《た》って仕方がないよ」

母親が学年と年齢を口にした途端、男は声も顔つきも変わって、興奮度がぐんと上がったように見えた。直美は心の底から楽しんでいるその男を見て、もう反発する気力もなくなってくる。暴れるわけでもなく、大股開きになったまま脚を閉じることもしない。こけしで狙われる女の子の急所を手で庇《かば》うわけでもない。心では受け入れていないから、涙が頬を伝っていった。反対に快感に弱い少女の幼膣と幼芽は快感で萌えてくる。

「ほーら、愛液が出てきた。口でいやって言っても、女の子の穴が、肉豆がしてしてって言ってる。透けすけでちゃんと見えてるぞ。ここだ、ここがされたがってるんだ」

シースルーの生地で透けて見えていたクリトリスを指で無造作に押された。

「あンはぁっ――――」

電動こけしで感じまくっていた少女の肉突起を指で押されて、直美は思わずビクンと腰が跳ねた。

「もうイクのかな？　まだかな……むふっ、肉豆ばかりやると、すぐイッちゃうかもな。全体をまんべんなくだ」

男はこけしの当て方が強くなってくる。あちこち押しつけてぐりぐりと動かしたりもする。

「あぁあああぁーっ、あーうっ、はうーっ！」

直美はガクガクと腰が震え出した。電動こけしが当てられているのは肉芽よりやや下だが、肉芽にも接触し、膣口にも当たって快感が萌えてくる。少女のそのあたりのエリアはごく狭く、ひとところに密集しているように見える。

「ほれ、乳首も勃ってる。やらしいなあ、×学生なのに。愛液がパンティから染み出して、ジュクジュクしてるじゃないか」

「あぁ、言い方が、直美ちゃんにはちょっと……」

母親の声は直美の耳にはほとんど入ってこなかった。

「か、感じちゃうから、だめぇぇぇーっ」

直美のオマ×コ全体がピクピク蠢いて止まらなくなった。すでに床に背中をべたっとつけて、大股開きは変わらずに電動こけしの振動を幼肉で受けている。ぐんと快感が高まって脚が反射で閉じられるが、男がちょっと内腿を押すだけでまた大きく開いていく。もう自分から本能的に股をあけっぴろげにして、口で言うのとは反対の行動を取ってしまう。

ついに快感がオマ×コから脳天まで突き抜けていった。

「あぁああうぅっ……イ、イクゥゥ……イグッ……イックゥゥゥーッ！」

ビクン、ビクンと数回腰が跳ね起きて、年端も行かない少女とは思えないイキ方をした。「ひぐぅぅ」と、絶頂快感の余韻を身体をよじらせて味わっている。

母親は男と顔を見合わせて、わずかにだが確かにニヤリと笑った。それは直美も気づいていた。悲しいが、もう受け入れている。それだけ快感が強く、自分で自分がわからなくなっていた。

やがて気を取り戻してきて、濡れぬれのパンティの股間を手でそっと隠した。

「直美ちゃん、頑張ったわね……いいのよ、女の子はこういうふうにされたら、濡れてイキまくるしかないわ」

「うはは、そうだよ、何も恥ずかしいことなんかないさ……。いや、やっぱり恥ずかしいかな。はははは」

男は最後までスケベで辱めることを口にした。

(あぅ……濡れたぁ、イクって言っちゃたぁ……あぁう、乳首も勃っちゃった。まだ、パンツは穿いてるぅ。でも、脱がされちゃう。お、女の子の……あ、穴に、されちゃう。犯されるぅ！)

直美は乳首をいじられ舐められて立っていたが、それ以上にオマ×コの快感で乳首が突起したことを悟った。幼膣が発情して、ピンクの乳頭も淫らになって突起して硬くなったのだ。それは初めての経験だった。

しないと約束しているセックスもやられてしまう。犯すという言葉も知っていた直美は、現実のこととして恐れていた。

「イボ付きのコンドームも買ってください」

母親の声が聞こえた。直美はまだ床に身体を横たえている。

「コンドーム？」

男は直美の閉じられた脚を撫でている。

「この子に着けさせます」

小さな袋を指でつまんで破り、コンドームを取り出した。真ん中より少し上に小さな粒々がびっしり付いたイボ付きコンドームだった。

「そういうのは初めて見たな」

「ええ、女の膣にイボが擦れて感じるわけです。これをお客様の自慢のものに着けさせます」

母親は直美に「これ着けて差し上げて」と言って渡した。

「えっ？」

直美は手にしたコンドームを不審な眼で見ている。

「むはは、おじさんのビンビンのチ×ポに、さあ、被せてくれ」

「うあぁ、できないわ」

男の勃起を目の前にして、身体を起こしていた直美は一瞬たじろいだ。だが、ヌイと眼前に突き出されると、観念して恐るおそる亀頭に被せた。勃起した逸物に手でくるくると伸ばして被せていく。根元に近いところでちょっともたついたので、母親が手伝ってしっかり装着させた。

手で触れた肉棒が脈動して、直美は「あっ」と言って顔を引いたが、全裸でイボ付きコンドームを何とかおチ×ポへ装着していった。

直美の手にもピクピク蠢く勃起した肉棒の感触が伝わってくる。

「あはぁ」

羞恥の溜め息を漏らす直美である。奉仕させられたコンドーム装着の実演で、何か自分が汚らわしくなっていくような情けなさを感じた。

「おぅ、いいぞぉ……」

直美の小さな手で触られて装着された男は、母親を四つん這いにさせて、そのイボ付きコンドームの肉棒をバックからズブズブと挿入していった。

「あンはおぉうーっ」

直美は母親の挿入の呻《うめ》きを聞いて、その淫らな歓びの音色に心底嫌な思いを抱いた。男のいやらしい肉棒を大事なところに入れられて嬉しがっている。単にお金のためだけじゃない。前からそう思っていたが、今はっきりとわかった。

「あンおっ、はおうぅぅ、いいっ、あうあぁぁうっ……」

母親はバックから肉棒を激しくピストンされて、聞くに堪《た》えない喘ぎ声を披露しつづけた。

「おうむぐっ……うはぁぁ……」

男も昂《たかぶ》ってきたらしく、そんな淀んだ呻きを漏らしている。「淫乱女、気持ちいいか？」とか「娘に見てもらえ」などと言い放って、腰の反動をつけてズンズンと肉棒を穴奥へ打ち込んだ。

やがて男は、直美の母親から勃起をズルッと抜いた。そして、身体の方向を変えると、今度は直美に向かってきた。

「さてと、ぐふふふふ」

不気味で卑猥感のする笑い方をして、直美の割れ目へその勃起した肉棒を擦りつけてきた。

「いやぁあっ、来ないでぇ！　はあうぅ、やだぁぁ！」

イボ付きコンドームだから、細かい微小な突起の部分が直美の肉芽に擦れて、幼い未開発の性感帯を刺激しまくった。

男の勢いは止まらず、ブルンと跳ねるコンドーム装着の勃起は、直美にとって生の棒よりおぞましい姿に見えている。そのいやらしい肉棒が幼膣の入り口をズルッと滑って脅かし、擦りつける勢いで亀頭部が膣穴に嵌りかけた。先っぽが穴の中に入ってきたのだ。直美は下半身にゾッとする悪寒が走った。

「それ、だめですっ」

男はやはり故意にやったらしく、どこか悪びれて、母親に強く止められると従ったが、今度は直美のお尻の穴に狙いをつけてきた。

「お尻もだめですっ。そこまではしないであげてください！」

「これまでたくさん買ってかなり払ってる。このくらいはさせてもらっていいだろう」

「でも、入れるのはやっぱりだめです」

「お尻のほうはセックスじゃないだろ」

男はそうは言ったが、結局直美へのアナルセックスは諦めたようだった。

肉棒から自分でコンドームを取り去った。

直美はまた何かエッチなことをする気ではないかと、疑って見ていた。

「口でしてくれ」

男は直美のすぐ近くでどっかり床に座ったまま、直美の母親に求めた。おチ×ポが力を漲《みなぎ》らせて上を向いている。そこへ直美の母親が顔を伏せていった。

直美の眼に、母親が男の屹立に唇を被せていく姿が見えた。

母親は男の肉棒を咥えて顔を上下動させていく。ズッポ、ズッポとフェラでしごく。

直美は「いやぁ」と首を振って見ているが、同時に、男によって電動こけしを膣口に押し当てられた。

「あああっ！」

力が入れられてこけしが押しつけられ、丸い頭が膣にめり込みはじめた。

「少女は狭いな。ズボッと入らずに、メリメリ広がる感じかな」

「あぁあああーうっ」

愛液でヌルヌルになったオマ×コの穴に約束を破って挿入されていく。男の恐い言い方もあって、全身がざっと鳥肌立った。不安と緊張、屈辱の中で身体が震え出した。

「ふぎゃあうぅ！」

こけしは膣口を拡げてズボッと入ってきた。直美は悲鳴をあげて、ピクン、ピクンと何度も腰が引き攣った。電動こけしを挿入されて処女膜が破れてしまったか、こけしの頭は膣に埋まったままになっている。強い刺激で快感が起こっていた。

こけしが膣のやや浅い肉壁の間で、ブーンと鈍い唸り声をあげて振動しつづけている。直美は激痛に見舞われていたにもかかわらず、快感に襲われていた。感じすぎて背がつらく反っている。

快感は膣全体にさざ波のように伝わってたまらなくなり、カッと熱を持って性感帯のお肉が急激に昂ってきた。

「イ、イクッ……イクゥ……イク、イクイクゥーッ！」

全身が小刻みに痙攣して、ぐっと反っていた背中がさらに痛くなるまで弓なりになった。まだ年端も行かない少女なのに、激しく達して小さな身体が硬直した。

「むおぉ、いいぞぉ、×学生だというのに、イキよった」

直美の母親にフェラされている男がニヤリとほくそ笑みながら、こけしを引っ張った。

こけしの頭が直美の瑞々《みずみず》しいピンク色の穴から、ズポッと抜けていった。

「はあぁあうン！」

白い柔軟な身体が大きく波打つように揺れた。びちゃっと愛液が幼穴から垂れ漏れて、お尻の穴のほうまで流れていく。

「おぉ、スケベな汁があとからまた出てきたぞ……」

聞きたくない言葉だった。だが、直美も膣からまたジュクッと愛液が漏れて出てくるのを感じた。

「あう、あぁうぅぅ……」

直美は泣きながらも、愛液が溢れるのを止めることはできなかった。

男が母親の口から肉棒を抜いた。

「おうむぅぅ」

手で握った生の肉棒が直美の顔に向けられた。肉棒をしゃぶられてピン立ちになっていた男は、快感で表情が蕩けた直美の幼い顔のほうに、手で握った肉棒を突きつけてきた。

「お口を、ほらぁ、開けるんだ……」

直美は顎をつままれてぐいと下げられ、生の勃起を愛らしい小さな口に入れられた。

「うわぁぁ」

口に肉棒が侵入を果たした。思わず舌と上顎でビクンと脈動するペニスの棒を挟んでしまう。

「おしゃぶりするんだ。母親のように！」

「ぐぅぅ……」

激しく狼狽《うろた》えるが、ジュッと吸って肉棒を舌で押さえ、母親がやっていた顔の動きを真似て前後に動かした。ズボ、ズポッと淫らな音とともに勃起をおしゃぶりしていく。

「もっとだ、もっとやれ！」

「ふぐむぅ、うんぐ、ふむぅぅぅ」

呻きながら口で肉棒を圧迫して摩擦する。舌で舐めることまでした。

「むおおっ、口が小さくて、チ×ポにぺちょろっと来て、いいっ、独特のチ×チンの感じ方だぁ」

男は喜悦の声をあげて眼を閉じた。自分でも直美の頭を摑んで、腰を前後動させた。

直美はビクンと、口内で一瞬の肉棒の脈動を感じた。

ドビュルッ！

その瞬間、おチ×ポの先から、熱い液の塊《かたまり》が飛び出してきた。

「ふンむあぁ」

直美は鼻声が情けなく響いて、眼が虚ろになった。

「うおあぁっ！」

男の呻き声とともに、肉棒が口から抜けていった。

直美の鼻先で亀頭が上を向いた。

ドビュビュッ――。

目と鼻の先で、白濁液が空中に弧を描いて頭まで飛んだ。

「ああっ、直美ちゃん、精液がっ……」

母親のおののきの声を聞かされながら、直美は顔を背けるが、ドュビュッ、ビュビュッと、精液が唇から鼻まで飛び散った。

「やぁぁーん、あぁ、いやぁぁ」

顔にかかる精液の感触は虫唾が走るほどだった。

男が握った肉棒はまだビンと勃っている。花のように愛らしい唇に押しつけられた。

「あっ、いやっ……ああン！」

直美はニタリと笑う男によって、おチ×ポの穴に出ている精汁を、唇から頬へとゆっくり何度もなすりつけられた。

第五章　飼育される母娘

　直美は二度も同じ男に犯されるに等しいイタズラをされて、さすがにショックが大きかった。結婚しているその四十代の髭面《ひげづら》の男には、恥裂を念入りに愛撫されて少女の泉から甘い蜜が湧き出した。大人の玩具の電動こけしで絶頂感を味わわされて何も考えられなくなった。

　これまで三人の男が邪《よこしま》な手を伸ばしてきた。乳房もお股の敏感な部分も触りまくられた。直におチ×ポを擦りつけられもした。

　大人の男が恐くなったが、その三人は異常な性格の人というより、普通のスケベな大人に思えた。三人はそれぞれ年齢や性格が違うのにやることの本質は同じだったため、男なら誰でもそうなんだと絶望する直美だった。

　羞恥と快感と屈辱感、ふと観念してしまう心、快感を味わってしまう女の性《さが》など、さまざまな感情が入り乱れて悩乱してしまう。

その後しばらくの間、直美は訪問販売に連れていかれようとすると、わっと泣き出すなどして母親にはついていかなかった。

「お金さえあれば何とかなるわ。お母さんといっしょに割り切って稼げばいいのよ」

母親はあまりにもあからさまに言ってくる。直美は反発を感じるだけだった。母親の稼ぎでやっていけているのだが、自分も犠牲になったうえでの稼ぎだとすると、以前よりましな暮らしになってはいても、それに何の意味があるのかわからなくなる。

(あぁ、無理やりされても、あそこが濡れちゃう!)

子供なのに性的に懊悩《おうのう》して小さな胸を痛めている。羞恥と快感は少女の心を動揺させた。口でいやって言ってもアソコが感じて受け入れているというようなスケベな男の決まり文句で籠絡《ろうらく》され、言うことを聞かされてしまう。そんな自分に自己嫌悪を感じていた。

ここ数日母親だけセールスに行って直美はついていかなかったが、そのうち気持ちも落ち着いてきた。

「これから、大切な相手のところに行くのよ」

今日は土曜日で、学校から帰ってきて、自分で冷蔵庫から出したジュースをごくごく飲んでいると、黒い大きなバッグを用意していた母親に早速言われた。

何やら不安な気持ちになった。大切な相手って誰のことだろう？　訪問販売のことだとは思うが、何か母親の雰囲気がいつもと違っていてよくわからない。

そう言えば昨日、母親に風呂に入れられて身体を念入りに洗われた。なぜ久しぶりに母親がいっしょに風呂に入って身体を洗われたのか、不思議な気がしていた。

これから行くところで裸にされて、恥ずかしいことをされるのではないか。何度もそうされてきたように……。暗い予想しか頭に浮かばなかった。

「誰なの……知ってる人のところ？」

テーブルにコトンと音を立ててコップを置いて、直美が訊《き》くと、

「訪問販売は今日で最後になるわ」

そう言って、思わせぶりな感じでちょっと笑みまで顔に浮かべている。

「常連の笹間さんよ。地主で大きな屋敷に住んでる人ね」

最初に連れていかれて、じわじわエッチなことをされて、身体をよじらせるまで感じさせられた相手だった。大人の玩具まで使った男よりましだったが、スケベ親父のねちっこさは格別で、心の底にジワリ浸透してくる辱《はずかし》めの手管《てくだ》を感じる相手だった。

「本当に今日で訪問販売は終わりなの？」

「そう、終わりよ」

今日で最後なんて、なぜだろうと不思議な気がした。

とんでもない辱めの連続の試着販売がこれで終わると思うと、本当にうれしいことだが、ほかの仕事のことなんて聞いていないし、簡単には信じられない。ただ、母親の言葉には自然さがあって嘘のようには聞こえなかった。

結局、直美はその笹間という五十年配の資産家のところへ母親とともに行くことになった。どうせ、どスケベなその男に恥ずかしいイタズラをされるに決まっているが、今、直美は絶対に嫌というわけでもないような心持ちに変わってきていた。

途中までバスに乗ったが、降りたところのバス停ではやや距離があるのでタクシーを拾った。お金に余裕があるのかと思うが、暮らし向きはまだそうでもなかった。そういう面でもこれからは何か変わっていくのかと、ふと思った。

やがてタクシーの中から屋敷が見えてきた。

大きな門はよく覚えている。その門を見ただけで、ちょっと恐くなった。

タクシーを降りると、ちょっとドキドキした。そんな緊張はこれまで何人かの男性客のところに連れていかれたときと変わらない。

玄関を上がって前と同じように狭い廊下を奥まで行き、一番奥の客間に入った。冷房のやや大きな音がしていて、部屋はけっこう冷えていた。

笹間は前回と同じく床の間を背に座っている。母親は笹間の前でさっさと服を脱いで、もともと着ていた真紅《しんく》の総レースランジェリーの姿を晒した。

直美もスカートの下に鮮やかな黄色のビキニパンティを穿き、上は薄紫色のブラウスと水玉模様だけの透けすけのスリップを身に着けていた。ブラジャーも着けていた。

一つ前の客のときもランジェリーを着ていった。また同じように商品の下着を脱いで売り、ノーパンで帰ることになるのかと思うと気も滅入ってくる。

母親はバッグを持ってきていたが、開けると中には下着類はなく何かの細長い箱だけだった。直美は前に見た箱とは違うが、電動こけしだと思った。

「最後に買っていただきたいのは、これです」

母親は笹間にその細長い箱を渡した。

「何だ？」

「お望みのものです」

母親は思わせぶりに言ったが、笹間は蓋を少しだけ開けて中のものを覗くと、ニヤリと笑った。何が入っているか直美からは見えなかった。

「直美ちゃんも、服を脱いで」

直美は渡した箱の中身が気になるし、笹間にじっと見られて眼をパチクリさせてしまう。男の視線が身体に刺さってくる。見られながら下着姿になるのは何度繰り返しても恥ずかしい。

でも、ここまで来て抵抗してむずかっているわけにもいかなかった。半ば諦《あきら》めている直美は、笹間の視線を恐れて黒い大きな瞳を瞬きさせながら、シャツのボタンを外していった。

上はシースルーのスリップ、下はビキニパンティの赤面してしまうセクシーな姿を露《あらわ》にさせた。背後の障子が明るくて、スリップからビキニがごっそり透けて見えている。

「どうですか、この子、大人っぽくなったと思いません?」

「うーむ、可愛い少女であるには変わりないが、ちょっと見ないうちに確かに女の色気のようなものが出てきてるかな」

直美は百四十六センチの肢体に、じっくり吟味するような視線を這わされた。

「実はこれまで何人も男性の前で、セクシーなランジェリーの試着をさせてきました。本人は最初恥じらって嫌がるだけでしたが、徐々に慣れてきてさまざまなポーズを取らされて青い色気を発散しています」

「ほう、まあそれは牧子さんの娘だから、なるほどそうだと思えるけどね……むふふ、今日はどのくらいその青い色気を出して男をその気にさせてくれるんだろうねぇ」

「あぁ……」

直美はじっくり言ってくる五十過ぎの好色そうな金持ち親父に、根の深い黒い欲望を感じ取った。それはこれまで自分に対して口にできないようなイタズラ行為をしてきた男たち以上のいやらしさ、陰湿さだった。

「ポーズを取って色気か……うむ、じゃあ、取りあえず四つん這いになってもらおうか」

四つん這いと聞いて、直美はすぐお尻と股間を意識した。母親のほうをチラッと見たりするが、母親は黙って軽く頷《うなず》いている。言われたとおりにしなさいという仕草なので、直美は仕方なくちょっと眼をキョロキョロさせながら、四つん這いのバックポーズを取った。

そのとき笹間が立って、広い部屋の隅のタンスの引き出しを開けて何かの紙袋を持ってきた。振り返ると、笹間が出したのは電動こけしだった。袋はやや大きくてまだ何か入っていた。

スイッチを入れるとブーンと音がして振動しはじめた。

「い、いやぁ……」

こけしの効果は身に染みて知っている。どうあがいても感じて恥ずかしい声が出てしまう。それに愛液も。

後ろから股間に電動こけしが当てられた。

「あぁあン」

感じて腰がカクカクと痙攣した。母親が持っている箱の中のものはこけしではないようだった。笹間がすでに母親から電動こけしを買っていたことがわかった。

振動による幼膣と肉芽の快感はやはり強いものがあった。くびれ腰をくねらせると、少女にしてはたっぷり脂肪がついた尻が淫靡に揺れた。快感で四つん這いのポーズさえ崩れてしまいそうで、嫌なことだがその格好を保とうとしてしまった。黄色のビキニショーツの股布に早くも愛液が染み込んできた。

「むふふ、たぶん少女との年齢の開きが大きいほど、お互い興奮が大きいのではないかな?」

笹間が恐いことを口にした。お互いなんてどういうことだろう。自分も興奮すると言われている。そんなことないわ! と、気持ちの中で否定するが、それは認めてしまいそうな自分が恐いからでもあった。

でも、歳《とし》の差を問題にしているのはわからない。ほかの若い大人より笹間のような五十歳過ぎたようなスケベな親父のほうが少女は興奮するっていうの？

（そんなこと、あるわけないわ……）

直美は内面で何か自分自身に対する不気味な疑いに悩まされながら、そんな恥ずかしい汚い想念を振り切ろうとした。

だが、直美は母親といっしょに恥ずかしい目に遭わされ、裸にされ、エッチな下着にされ、いじくられ、感じさせられ、徐々に慣れてきている自分にはたと気づいた。

嫌で嫌で仕方がなかったその気持ちが、だんだんと氷砂糖が甘く溶けるように心が折れてきて、馴らされてきているのに気づいて、身体には前にも感じた悪寒《おかん》が走っていく。

直美のそばに母親が膝で這って寄ってきた。そっと背中に手を置いて、撫でてくる。

直美はピクンと腰に痙攣を起こしながら、何だろうと思って横にいる母親を一瞥した。

「お母さんはね、辰夫さんと再婚することになったのよ」

突然言われた直美は唖然として声も出なかった。

今日で訪問販売の仕事が最後だというのは結婚するからだった。直美が母親について行かなかったとき、たぶん一度や二度はこの屋敷に来ていたのだろう。ここへ来る前、母親の様子がいつもと違っていた理由がわかった。

「あぁ、そ、そんなこと……全然知らなかったかったわ」

直美はただショックで、何と言ったらいいかまったくわからない。母親が普通の主婦になる。もう母親の異常な仕事につき合わされる心配もなくなるのだろう。それは直美にとって安心できることではあった。

だが……。

(あぁ、結婚するってことは……この人といっしょに暮らさなくてはいけないってこと? お父さんて言わなきゃいけないの?)

考えてみるとそれは不気味なことだった。口にできないような恥ずかしいイタズラをしてくる人と暮らすなんて、そんな恐いことといやぁぁ!

直美は拒絶する言葉が口を突いて出そうになった。

「あはぅ……ああっ、いやぁ、しないでっ」

こけしの振動で肉芽が突起して、キリキリと快感が研ぎ澄まされてきている。腰が反ってしまったり、カクッと落ちたりを繰り返す。

またジュッと愛液が幼膣から溢れた。

（あぁ、女の子の液、出ないでほしい……）

頭の中でなら願望の言葉が言える。身体に逆らって感じないように気持ちをそらしたりもしているが、セクシーランジェリーの姿を見られ、四つん這いにさせられた時点で雰囲気に呑まれて感じはじめていた。その状態で電動こけしを敏感な秘部に当てるなんてことをされたら、もう気持ちで抵抗しても無駄だった。少女にもちゃんとあるクリトリスが包皮から芽を出して、ビキニパンティの股布にツンと形を表していたのだ。

その悪さをしてくるこけしがすっと直美の姫貝から離れた。

笹間が紙袋からごそごそと何か出しているので、見ると束ねてある鈍色《にびいろ》の縄だった。

「えっ、縄？　あぁ、何するのぉ……」

「麻縄ですね。縛るんですか？」

母親はあまり驚いていない様子だった。直美は四つん這いから横座りにしゃがんで、戦々恐々として縄を持つ笹間を見ている。

母親は笹間から裸になるように言われて、真紅のレースの下着を躊躇《ちゆうちよ》なく脱いでいった。全裸になると、縄で後ろ手に縛られた。大きな乳房が縛りつぶされていく。

「えっ……」

直美は母親の乳房が麻縄が食い込むことで、瓢簞《ひょうたん》のような形に変形するのを目《ま》の当たりにした。見たくないと、顔を背けて涙目になってくる。そういう母親を認めたくない気持ちで首を振った。

母親は縄を見たときはちょっと表情が変わったが、結局縛られても平気な顔をしているので、そういう異常な行為を納得していることがわかった。直美は自分も縛られるのではないかと急に不安になってきた。

「あう、ちょっと縄がきついです」

母親は後ろ手縛りの縄が腕に食い込んで痛そうな顔をしている。だが、腕よりやはり乳房が完全に縛りつぶされて乳首が上を向いているのがいやらしくて、直美は見るのがつらかった。

「いやーん、どうしてそんなふうに縛ったりするのぉ?」

直美は笹間が恐いが、感情が高まってしまった。

「それはね、女がそれを望んでいるからだよ」

「そ、そんなことない。イジメてるもん」

「ははは、それはそうだけど、大人になるとね、女は身体の中から、じわーっとエロが盛り上がってきて」

「やーん、何言ってるのぉ」

「ドロドロしたエロが燃えてきて、淫らな思いが、やられたい恥ずかしい思いがね、ある瞬間ぶわっと出てくるんだ」

「あぁう、いやっ、やだぁぁ」

直美は縛られた母親が身体を微妙にくねらせて悶えているのを見て、一瞬笹間の言う理屈に心を蝕《むしば》まれそうになった。

「はぁうっ、娘の前でなんて、これ以上はしないでください」

母親は笹間に縛りつぶされた乳房をギュッと鷲掴みにされた。ぐりぐりと乳首まで揉まれていく。何か感じさせようとしているというよりは、痛くもさせて弄《もてあそ》ぶ感じだった。

股間にスポッと手を入れていく。

「はあうぅ」

母親は縛られた身体をのけ反らせた。もぞもぞと股間で笹間の手が動くと、

「あはぁあっ」

と、息がちょっと詰まるような声を出して、口が開閉し、笹間の顔を見て、また「ああっ」と快感の声を漏らした。

「お嬢ちゃんもお母さんみたいに縛って、可愛がってあげるからね」

「いやっ、そんなことぉ」

案の定恐れていたことを言われて、身震いした。女の子を縛って抵抗を奪うなんてひどい。それに単に縛って動けなくすることが目的ではなくて、縛ることで恥じらわせるいじめになる。いやらしく扱って辱めるという男の企《たくら》みがすぐに想像できた。

そんなこと許せないと、直美は子供ながら憤《いきどお》るが、それに近い卑猥なことを自分もこれまでされてきた。嫌なのに感じてイカされてしまったことも一度ではなかった。その経験が直美を悩ませ、自信を失わせていく。

母親は前に倒されて頭を畳につけさせられた。お尻がぐっと上がっていく。

「こ、こけしで、するのですか？」

ブーンとまた電動こけしが淫靡な音を発して振動しはじめた。こけしの頭が母親の股間にくっついて止まったが、その角度から直美にも挿入されることがわかった。

「はぁうぅぅーっ！」

電動こけしがズブズブと母親の体内に埋まっていく。笹間はこけしを根元までズッポリと熟れた淫膣に嵌め込んでいった。

母親が後ろからこけしをズボズボと入れられているのを見て、直美は自分もそういうふうにされるのではないかと恐れた。後ろからこけしを入れられると、逃れることができないとはっきりわかる。

「あはぁあぁーっ、か、感じますぅ」

母親は娘の前でもはしたなく喘ぎはじめた。電動によるこけしの頭から胴体まで深く淫膣内部に埋め込まれての振動である。それはそばで見ている直美にもわかる。膣がビンビンに刺激されてたまらなくなっていくことがちゃんとわかる。

（いやン、後ろからこけしでもおチ×ポでも、あそこの穴に入れられてやられてたら、あぁ、もう逃げられないわ）

そう思うと、もしグンと大きくなって硬くなったおチ×ポが襲ってきたら、犯されてしまう。わたし子供なのに、大人の男の人やっぱり犯すの？　そんなこと絶対しちゃいけないのに……。でも、そのひどい猥褻なことが直美は今、はっきりとわかった。

「さあ、直美はちゃんも、裸になろうね」

「い、いやぁぁ」

直美は羞恥と恐怖心で立ち上がろうとしたが、笹間にさっと手を摑まれて押さえられた。

「直美ちゃん、言うことを聞いて。あなたのお父さんになる人だから」

「うあ、いやぁ、お父さんじゃないわ」

「ぐふふ、お父さんって言ってごらん、パパでもいいよ。そのうち慣れてくる」

「は、離してぇ」

摑まれた手首が痛くなってきた。

「お母さんはもう素っ裸だよ。直美ちゃんも脱ごうね」

水玉模様が可愛いシースルーのスリップを肩から脱がされて、恥じらって縮こまると、黄色のビキニもするすると下ろされた。結局直美は全裸に剝き上げられてしまった。

「白いすべすべした肌をしている。ブツブツのない綺麗なお尻だ。これも母親似かな」

前にも言われたことを繰り返された。そんなに嫌じゃないが、こんな状態では言われたくない。

「子供なのに乳首が大きいな、これも似ている」

前にも言われていたように、乳首のことを言われて、ふだんからちょっとだけ気にしていた直美は、思わず手で乳首を隠した。

「これからは家族だよ。むふふ、直美ちゃんのことはたっぷり可愛がってあげようね」

ぞっとする言葉だった。

直美が乳房を手で庇《かば》っていると、笹間の手は方向を変えて下へ伸びていった。指が少女の火照った粘膜を求めて、内腿の皮膚を滑って上昇してきた。

「肌がスベスベだねぇ」

すぐ恥裂に指を入れずに、スーッと腿の柔肌を上下に繰り返し撫でてくる。

「ああン、やだぁ、し、しないでぇ」

直美は敏感な秘部に触られる羞恥とおぞましい快感を予感した。手を伸ばして笹間の手をのけようとするが、恐くて本気では防げない。大人の大きな手をちょっと触って押しただけだ。エッチな手はスーッと脚を這い上がってきて、もう内腿の深いところまで達していた。

「あっ、あぅ……」

小さい声になってしかめっ面をしたが、身体が強張《こわば》って身動きできなくなった。少女の泉に近いところを撫でられているうち、無抵抗感に似たものが心に生じてしまった。

笹間の手は一瞬滑らかな少女の割れ目をかすめていったが、すぐ股間から離れた。

笹間はまた袋から何か出してきた。

「そ、それ何っ？」

母親より前に直美が声をあげた。笹間が手にしていたのは十五センチくらいの細長い棒で、柄の部分と硬いゴムの棘《とげ》が多数ついている部分でできている。形は鬼の金棒のように見えた。

笹間は直美が恐がるのを見て、「ほら」と、その棘の棒を見せて、まず母親の乳房を撫でた。

「ああっ」

顔をしかめて上体をよじる母親を見て、直美は自分も絶対やられると思い、畳の上を尻込みした。

「それ、ＳＭの道具じゃないですか？」

母親が訊くと、笹間は、

「西ドイツ製だ。本物のサドはこれをオマ×コに挿入して拷問する」

その言葉で、直美は恐怖と身体にキュンと来る刺激のようなものを感じた。

「棘がチクチク刺さります」

まだ眉を歪めて母親は口を半開きにしている。コロッと大きな乳首にその棘がめり込んでいかにも刺激が強そうに見える。直美からは痛いだけでなく感じているようにも見えて嫌な気がした。

「針ほど尖っていないが、ゴムでもけっこう硬い。まあ太い棘だから刺さらないがな」

「あぁ、刺さってます」

直美は母親と笹間のやり取りを聞いて、淫具に得体の知れない恐さを感じた。棘の棒は乳首から下りて股間に入っていった。

「あうっ……そこは、だめですっ。あっ、ああっ……」

母親の顔は引き攣っているが、やはり痛さと快感の混ざった表情に見えてしまう。

「ほーら、お嬢ちゃん」

「だめぇ、来ないでっ」

今度は直美にその棘の棒が向けられた。恐怖と恥ずかしさで泣きそうな顔になっているが、それは母親の反応を見て、その棘の棒が痛いだけではなく恥ずかしい快感をもたらすことが直美にもわかったからだった。

「あっ、ああーっ、そ、それ、だめぇぇーっ」

直美の柔らかい下腹に当てておいて、柄をつまんだ指で棒を回して棘の部分をコロコロと転がすようにした。

「ほーれ、ほれ」

笹間は満面の笑みを浮かべて、幼い乳房まで棘の棒を転がしてきた。瑞々《みずみず》しい肌は硬いゴムの棘に敏感に反応して、直美は「ああっ」と背をのけ反らせた。

直美は虫唾《むしず》が走る思いになって笹間を恐がっているものの、そのトゲトゲ棒を手で押しのけて畳の上を這って逃げようとした。

「こらぁ」

笹間はちょっと声が大きくなった。

「ああっ、縄はやだぁぁ」

麻縄を持った笹間に手を摑まれた。

「お金のために真っ裸になる母娘は縛られてしまえ」

「やーん、縛られたら、滅茶苦茶されるぅ」

直美は身の危険を感じて、摑まれた手がまっすぐ伸びるまで身体を笹間から遠ざけた。プルプル首を振って嫌がる。

「辰夫さん、縛りはまだこの子には早いです」

母親もちょっと必死になっているが、直美には頼りにならない。摑まれた手は後ろ手にされて縄が掛けられた。

「うあぁぁ、し、縛るのやだぁぁ！」

直美はほとんど金切り声になって、身体をゆすって悲愴な抵抗を見せる。だが、あまり身体を動かすと、後ろ手に縛られていく腕がひどく痛くなる。

「あうぅっ……」

と、観念する声が口にこもっていく。

「オッパイの上にも縄をかけてみようかな」

笹間は面白そうに言うと、母親にやったのと同じように、直美の小ぶりの乳房の上のほうに鈍色の麻縄を一筋かけた。

「だ、だめぇぇっ」

それほど痛くはなかったが、円錐形の幼乳は柔らかい脂肪の肉が凹んで歪《いびつ》な形にさせられた。母親の場合と同じように乳首が上を向いてしまった。

直美は「あうっ」と小さな顎が上がってしまい、腕がまったく動かせない状態で観念させられた。だが、縛りはそれだけでは終わらなかった。

「脚もバタバタさせるといけないからね」

直美はスレンダーな脚を曲げさせられて、脛《すね》と太腿にぐるぐる縄を巻かれていく。

「やーん、恐いぃ」

もう涙声になっている。でも大人の力にはかなわない。というより母親が言いなりになっていることもあり、これまでの流れで気持ちの上でも抵抗できなかった。

直美は脚を曲げた状態で両脚とも固定されてしまった。

「はい、でき上がり」

「あぁう……」

「もうどんなことされても抵抗できないよ」

いかにも楽しそうな顔をして言われ、全裸で手足を縛られた直美はときどきやる眼をつぶって顎をちょっと上げる仕草を見せた。観念する少女の一種の色気が見えて、笹間はまたいやらしい笑みを見せた。

「娘も乳首に、ほーれ、チクチク、チクチクだ」

「あぁっ、しないでっ！」

ツンと上を向かされた乳首の突端にゴムの棘が当てられ、またくるくると棒を回すことによって乳首や乳輪の全体に刺激が襲ってきた。ぐっと上から乳頭に押し当ててくる。乳腺の穴さえありそうな過敏な部分に棘が刺さってくる。直美は「ひぎっ」と歯を食いしばって忍耐するが、つぶらな瞳からはひとすじ涙が頰を伝っていった。

「こっちの乳首もだ」

「ああ、辰夫さん、娘が傷つきます。乳首とかは許してあげてください」

「大丈夫、女は少女でも案外強い」

「そんな、この子泣いてます」

母親は面白半分に言う笹間に、縛られた身体を何とか向けて訴えている。直美はやはり頼りにならない母親に反発を感じながらも、笹間という男が考えを変えてくれることを願うしかなかった。

だが……。

直美は肩を押されて、畳の上にごろんと仰向けに寝かされた。

正面にどっかり座った笹間に眼を合わされたまま、曲げたままくくり合わされている両脚を手でゆっくり左右に押された。

「あっ、いやっ、開くの、い、いやぁっ……」

赤面して狼狽《うろた》えつつ、縛られていてはどうすることもできずに、相手の思うまま大きく開脚させられた。

「あーっ、下のほうはやだぁぁ、そこ、だめぇぇーっ！」

棘の棒が少女の最も弱い部分に迫った。

「辰夫さん、怪我しますっ」

「大丈夫、少しツンツンとするだけだ。ギュッと押しつけたり、入れたりは絶対しない」

「あぁ、でも……」

母親はさすがに取り乱して、笹間のほうに脚で這ってにじり寄ってきた。声も大きくなるが、後ろ手縛りにされていることもあって娘を助けることはできない。

「大丈夫、痛いことはそんなにしない。感じるように持っていく。おまえも乳首が感じてただろう。オマ×コだってこうするとぉ、ほれほれ」

母親は横座りになっているところを笹間によって股間にトゲトゲ棒を入れられて、棒の先端で淫膣をえぐられた。

「ひぃぃぃ、だめぇぇっ、そこはだめっ――」

膣口を棘で刺激された直美の母親は腰をグッと引いて、笹間のほうに前屈《かが》みに身体が崩れた。棒の先には愛液がついて、それを笹間は直美の唇になすりつけた。

「あうわぁっ、やだぁぁぁ」

直美は縛られた身体を震わせて激しく嫌悪した。

陰険な棘の棒はついに直美の幼膣にピタリと当てられた。直美は奥歯を噛みしめている。

「そこは危険なところです。やめてあげて。わたしにはいいけれど、娘には無理です」

母親の声が鼓膜を震わせる。肉芽から穴までじんわりと押し当てられて、しばらくその状態が保たれた。笹間も急には手荒くはしないようで、棒を微妙に蠢かせて直美の膣穴が棘の刺激で締まってくるのを眺めている。

「そこ、だめっ……いやっ、いやぁぁぁーっ!」

直美は脚を曲げたまま縛られて固定されているので、両脚とも上がったままになっている。お尻が少し上がって股間が丸見え。その恥ずかしい格好のままトゲトゲ棒を恥裂にピタリと縦に当てられて徐々に棘で嬲られてくる。

「はぁうっ、と、棘がぁ、あぁああっ、刺さるぅ!」

直美は身体がよじれていった。歯を食いしばって刺激と快感を忍耐しているが、愛液がジュッ、ジュルッと二回多量に出てしまった。

「ほれ、愛液が出てきた」

笹間の言葉が心に刺さって、また膣が強く締まり、内部の膣液がジュクッと垂れ漏れてお尻の穴まで垂れ漏れていった。

「そーら、ちょっとチクチクされただけで、いっぱい出るじゃないか。これだけ感じやすい女の子も珍しいなあ」

直美は両脚を笹間に摑まれて、まんぐり返しに近い格好になっている。棒をまた恥裂に当てられて、棘がクリトリスを直撃した。少し刺さってかなり刺激が走って、直美は飛び起きるように上体が起きてきた。

涙眼で割れ目のほうを見ようとした。

肉芽は自分の眼で直接見える角度ではないが、「あああっ」と必死な声を出して顔を下に向けている。

笹間は恥裂に宛《あて》がった棘の棒の上にブーンと振動を続けている電動こけしを当ててきた。

「はあぁあっ、あうぁあああーっ！　お母さん、助けて！」

直美は悲しいほどわななないて、腰にビクン、ビクンと強い反応を起こした。

可愛い小さな口が開いて、身体を芋虫のようにくねらせた。

「あぁ、直美ちゃんが……」

母親はもう何も言えなくなっている。

「ふっふっふ、これはかなり効いたな。いい顔になってる」

直美の眉を怒らせ、口を開けて、白い歯を覗かせる必死の形相《ぎょうそう》を見て、笹間が悦に入る。

愛液がジュッ、ジュルッと、また夥《おびただ》しく溢れてくる。直美は狂おしげに背をきつく反らせて頭を畳に押し当て、一瞬両肩を宙に浮かせた。快感で思わず背中に力が入ったために、筋が張って太い溝ができていた。

「ひぐぅぅぅ……」

肉芽の異常な快感が性感帯の幼肉の奥まで達して、膣穴が盛り上がり、中のピンクの襞襞まで一部見えている。膣口と肛門がグチュッと締まったり、口開けたりして、愛液が垂れ漏れてきた。

「イ、イク、イグゥッ！」

またきつく背を反らせて、頭のてっぺんで畳を押した状態で、「クゥゥゥーッ！」と、イキ声をあげながら、グッ、グッと、さらに数回のけ反る動きを見せた。

「はふぅうン」

ガクガクッと猫のような小顔が揺れた。艶のある黒髪の丸い小さな頭が上がって、後ろに反らしている様子は何とも可愛くてしかも男をいきり立たせるエロがあった。

すとんとアーチになっていた背中が下がって畳についた。

「うーむ、少女もすごい……。身体が柔らかいから身体がそっくり返って、見ていて興奮するなぁ」

直美のパックリ口を開けたピンク色の恥裂を、指でグジュッと愛液を掬って弄る。

「こんなに出てる」

母親に愛液で濡れた指を見せ、

「身体が柔らかいから、こんなに反って、エロエロだったよ」

そう言って、直美の上体がアーチになった形を手で宙に描いて見せた。

「あぁ、も、もう、これで許してあげてください」

母親は直美のために哀願の言葉を口にした。

「あぁう、お金なんていらないからぁ」

直美は何とか縛られた脚を閉じながら、同様に悲しいような言葉を吐いた。

「むぅ、そのうち母娘で股をくっつけさせて、ぐちゅぐちゅ擦り合わさせて、豆と穴が擦れてだな、ぐふっ、ヒイヒイ言うように持っていくぞ」

笹間は淀んだ眼差しを直美や母親に向けている。直美は女の子だから快感、絶頂感を味わわされたら、男のどす黒い行為に心も挫けてしまう。そんな嫌な思いが心の中を占めてきている。飼い馴らされてきているという恐さを感じて、まだ絶頂感の余韻が覚めないのに、肩までブルブルッと震えた。

「チクチクする棒はこれで終わりだ。さて、次は……むふふ、最後の商品という、これだな」

笹間は直美の母親から渡された箱を手に持っていた。それをあらためて母親に見せて何か言いたげだ。直美は箱の中身が気になる。今トゲトゲ棒で陰湿に愛撫玩弄されたばかりなので、さらに恐くて恥ずかしい思いをさせられそうで不安になってくる。

「それ、辰夫さんが買ってこいって」

母親がそう言うので、直美は何かありそうだと二人を疑った。

「むふふ、よけいなこと言わなくてもいい」

笹間は気になることを言って、箱の中に入っている謎のものを畳に置くと、母親の縄を解《ほど》いた。

「わたしの縄も解いてぇ」

母親の後ろ手縛りが解かれていくのを見て訴えるが、笹間は直美の縄は解こうとしない。まだ何かいやらしくイジメる考えがありそうに思えて、直美は手足を緊縛された身体を悶えさせるしかなかった。

母親は縄を解かれると、笹間に「しばらく廊下に出ていてくれないか」と言われ、さっと立って何も言わずに廊下に出た。直美は急に不安になってきた。母親は障子を隔てて座って、聞き耳を立てて中の様子を窺っているようだった。

畳の上を笹間が直美ににじり寄ってきた。

「あぁ、い、いやぁ……」

直美は無表情で迫ってくる笹間が恐くなる。まだ箱から中の物を出していない。どうせエッチな大人の玩具だわ……と、悪い想像しかできない。

母親は廊下から中の様子を窺っているのだろう。助けてはくれない母親だが、早く戻ってきてほしかった。

「大丈夫、もうあの棘の棒は使わない。こけしもね」

「あぅ、縄をほどいてぇ。言うこと聞くから、おとなしくしてるからぁ」

直美は哀願するが、笹間はほくそ笑むような顔をするだけで、縄を解いてはくれなかった。

笹間が耳元に口を近づけて囁きはじめた。

「今度ね、ちょっと離れたところだけど、よく自分のチ×チンを女の子に見せてる男がいるから、そこに連れていって、そのおじさんの前でスカートめくらせてあげる」

「えっ……何？　だ、だめぇ」

「お母さんには内緒で、そういうお遊びしよう。裸が嫌なら、パンティの上からお尻でも前でもいじくられてごらん」

「いや、いやっ」

不気味なことを言われて、直美はそんなこと本当にさせられたらと思うと、死にたいような気持ちになった。

「パンティも脱いで、こんなふうにイタズラされていけ」

もう耳元で囁《ささや》くのではなく、普通に話している。

「あぁっ」

丸見えの割れ目を指でぽっかりと拡げられた。出てきたサーモンピンクの膣やおしっこの穴あたりを指の腹で撫でられたり、ちょんちょんと突かれたりした。

「愛液がジュッと出たら、そのおじさんにも指を入れさせてやればいい」

冗談かもしれないが、もし本気だったらと思うと叫びたくなった。

「直美ちゃんの年齢では、絶対やらないことをどんどんさせてあげる」

「恥ずかしいことばっかりさせるのね、わたしのような、こ、子供にぃ。悪い人っ！」

恥ずかしい異常なことを言われて、気持ちが昂《たかぶ》り、追いつめられていく。

「あぁ、何を話しているんですか？　娘はまだ×歳です。恐いことは許してあげて」

「ははは、エロな話だ。本気じゃない。ま、今のところはね」

笹間の言葉と態度で直美は腹立たしさも刹那感じはするが、どうすることもできないような諦めの気持ちに落ち込んでいた。縛られているからでもあるが、身体からすっと力が抜けていった。

「小陰唇がベロッと出てる」

「やぁン、触らないでっ」

笹間の指先が直美の幼いラビアを撫でた。

小陰唇というものがあることは知っている。自分で触ったこともあって、まず大陰唇の内側に折りたたまれるように存在していて、隠れていることはかなり以前からわかっていた。それをこのところの男たちによる悪質なイタズラによって、恥裂を暴かれて外へはみ出してしまい、また感じてきて膨らんでくることもわかってショックを受けていた。

ピラピラした襞びらを笹間に指でつままれて、そっとだが引っ張られて少し伸ばされた。

「ああっ、そ、そんなことやだぁぁ。引っ張るの、いやーん！」

直美は襞びらが膣肉から伸びていく感触がつらい。痛いが快感もあって鳥肌立つ思いだった。

「両方とも引っ張って広げておいてと。ぐふ、むふふふ」

「ひ、開いちゃう、いやぁぁーっ」

花びらを満開にさせられて、次の瞬間直美は今まで感じたことがないような気持ちよさに打たれた。笹間の舌がチロチロと膣粘膜を擽《くすぐ》りはじめたのだ。

「はうあぁあっ、そ、そんなこと、やーん！」

つまんでいた小陰唇は両手の親指で押さえてぐっと左右へ裂くかたちになって、やはり満開にさせられていく。そうしておいて力を入れて舌を伸ばせるだけ伸ばして先を尖らせる要領でチロチロと膣口を舐められた。

「だ、だ、だめぇぇぇーっ」

直美は快感が急上昇してきて身悶えてしまう。オマ×コが自分のものでなくなっていくような、自分の意志ではどうすることもできない感覚に陥《おちい》っていく。膣や肛門がギュッと閉まる。愛液がジワリと滲み出した。

小陰唇が充血して開くのを感じているが、くっつき合っていた襞びらが開いて、中に溜まっていたトロトロの愛液が外まで溢れてきた。

さらに、舌先でクリトリスを執拗に擽られていく。

「アァアアアーッ！」

直美はかん高く啼《な》いた。電動こけしでそこを嫌というほど感じさせられた直美にとって、少し違う種類の自然に深く感じさせられる愛撫だった。

「全身舐めまくったあとで、お尻の穴にいいものあげる」

何やら異常なことを言われた。しっかり曲げたまま太腿から脛へ巻かれて縛られた左右の脚は、まんぐり返しからM字開脚のポーズになっていたが、股間は露だった。そんな羞恥ポーズのまま、直美は笹間の言葉どおりオマ×コだけでなく内腿や下腹、乳房乳首、脇の下、首筋、唇まで下から上へ上へと、恐いほど細かく執拗に舐め回された。

恥裂に戻ってきて、やはり肉芽を重点的に舐めまくられ、ついに、

「イ、イクッ……くはぁあ、アアッ、あンはぁう、クゥーッ！　イクッ、イクゥゥーッ！」

脳天まで快感が突き抜けて、何も頭に浮かばない状態でイキ声を奏でた。百四十六センチの身体が硬直して少女膣が収縮していく。後ろ手縛りと両脚縛りが効いていて、その拘束感があるからよけい感じまくった。二穴がクイクイ締まって愛液が溢れ出し

た。

×学生なのに、もう快感に抵抗することなくイタズラの被害がわかっていて感じていき、全身でイッてしまって、ガクッと落ちた。

「あぅ、いやぁ……あぁ、だめぇぇ……」

おチ×ポの先っぽに自らチュッと吸いついてきそうな愛らしい唇を、オマ×コの穴のようにポカァと開て、微睡《まどろ》み、喘ぐ。

「さて、直美ちゃん……」

激しく達していった直美は、顔を見られてぼそっと言われた一言で、また何か卑猥ないじめを受けることを直感した。

忘れかけていた母親が笹間に渡したもの、箱の中身が出てきた。

「いやぁ、な、何？」

丸い卵形の透明な容器で、中に液体が入っている。長いノズルが付いていた。

「むふっ、さっき言っただろ。お尻の穴にいいものあげるって」

「ああっ……そ、それは！」

直美は笹間が手に持っているものが何なのかわかって、はっと息を呑んだ。

「ほーら、入れちゃうぞぉ」

いやらしく言われながら、肛門に細長いノズルを挿入されていった。

「あぁっ、か、浣腸は……い、いやぁーっ！」

ノズルは面白がるようにゆっくりと容器がお尻にくっつくまで深く挿入されていった。

「そうだよ、浣腸だよ。百ｃｃが二個あるから、まず一個。キューンと来るのを我慢してもらって、ぐふふ、あとでまたもう一個ね。二つで二百ｃｃ。これけっこう多いよ」

「やだぁ、浣腸なんか絶対やだぁ！」

直美は眦《まなじり》を裂く顔になるが、ピューッと冷たい液が注入されはじめた。

「うあぁぁ、だめぇぇーっ！　イヤーッ！　いやぁぁぁ……」

浣腸されて口からかん高い悲鳴を奏でる直美である。身悶えしてブルブルッと首を振りたくる。

「あぁぁぁ、あぁう、あぅぅ……」

どうしても子供らしく泣き出してしまう。

「ふふふ、携帯用の使い捨て浣腸器はけっこう便利なんだ」

直美の涙声など笹間にとっては小鳥のさえずり程度のものだったようだ。にんまりといやらしく笑みをこぼして浣腸してくる。直美は笑って見ている笹間から、いやっと鋭く顔を背けた。

「まずは、健康のためにお腹の中をキレイにしよう」

「あはう、あぁおぅ、うっ、うあぁぁうぅン！」

直腸内に百ccたっぷりとグリセリン液を浣腸された直美は、喘ぎ声に似た呻《うめ》きを披露した。動かしにくくなっている華奢な腰を狂おしげにくねらせている。

直美は浣腸の苦しいような快感で下半身を蠢かせている。その快感が急激に昂って「ああぁーん」という恥ずかしい声とともに、肛門括約筋をキリキリと絞り込み、くくり上げられた脚で畳を踏ん張って腰を浮かせた。

「むはは、バックポーズにしてみよう」

笹間にぐるっと身体を反転させられた。後ろ手縛りに戒められているため顔が畳について、その顔と膝とで身体を支えるしかなくなっている。バックポーズの浣腸ポーズはお尻が垂直というほどではないが、天井を向いていた。

顔が痛いので、上体をちょっと横に傾けて肩と頭で身体を支えた。顔が横を向いて、顔も首もそんなに痛くなくなった。

「そうだ、肩と頭の側頭部で支えて、それでお尻が天井を向いていく。さあ、もう一個浣腸だ」

「あひぃぃ、もう、やめてぇ……」

直美は直腸内から湧き起こる排泄欲に煽られて、今にも音《ね》をあげそうになっている。もちろんこんなところでお漏らしするわけにはいかないから必死に耐えた。額に脂汗《あぶら》が浮かんでいる。

「これでいいのよ、生活が楽になるんだから」

廊下から母親の声が聞こえてきた。そう言われると学校でいじめられたりしていた直美も観念しそうになる。

「そのうち母娘二人同時にたっぷりと浣腸してやるからな、ふっふっふ。大人の玩具で感じさせて何度もイカせる。最後に熱い蠟燭《ろうそく》責めで仕上げてやる」

笹間がまた不気味なことを口にした。直美は今、浣腸の苦悶の最中だからそんな話は頭の中で混乱して理解できない。ただひどくいやらしいいじめのようなことだということはわかる。

「辰夫さんっ」

急に障子が開いて母親が顔を見せた。

「そんなこと、直美ちゃんに言ってはだめぇ」

母親は畳の部屋に戻って直美のそばに座った。

「二人とも庭に出して、浣腸蠟責め地獄で、最後はドバッと出させる。ひょっとしたら人に見られるかもしれないというのがスリル満点だろ」

「そんこと、したらだめぇぇ。お母さん、この人にさせないでぇ」

「何がこの人だ。お父さんだ。パパでもいい。パパ縛って愛してと言ってみろ」

「やだ、やだぁぁ」

「わっはっは、可愛いなあ。直美ちゃんの浣腸の最後は、むふふ、パパに見られながらドバッとね」

直美は顔が青ざめていく。そして息を呑んで首を振った。考えたくない、信じられないといった顔面蒼白の狼狽の体《てい》を晒している。

「はうあぁうぅぅ」

卑猥な話を聞かされて悩ましくなるうち、浣腸がさらに効いてきた。もう切羽詰まってきている。

「うあぁぁ、で、出るぅ。出ちゃうっ」

本当に溜まっていたものが浣腸で一気に出そうになって声をあげた。すると、笹間によってこけしが肛門に当てられた。

「これで栓をしてやろう」

「うわぁっ」

「それは無理です」

母親がすぐ口を挟んだ。

「いや、女の尻の穴は大きく開くだろ。少女の穴だってけっこう広がる」

何の根拠があるのかわからないが、笹間は平気でそんなことを言っている。母親と眼を合わせた直美は半泣きの顔で、言葉にはならないが嫌だと気持ちを伝えた。

「わしはこないだ東南アジアに行ってきて、少女を買って遊んだ。八人もやってきた。まあ気持ちのいいこと、むふふ、今思い出したよ。かなり金はかかったが、溜まっていたものをたっぷり出してきた」

「あぁ、その話はもう聞きました」

母親は会社を馘《くび》になったあと、かつての客にやたら電話をかけまくったが、そのとき笹間は何度電話しても出なかった。アジアの某国に少女を買いに行っていたのだ。それを母親は笹間から聞いていたことが直美にもわかった。

「それでオマ×コだけじゃなく、肛門に指、チ×ポ、道具を入れて、ズコズコやった」

「いやぁぁ」

直美は笹間の話からその恐い一面を新たに知った。

直美に浣腸しておいて、効果が表れるまでいやらしい話を聞かせながら待つというのだろうか、直美のお尻を撫でて悦に入っている。直美はまだお尻が逆さになって、顔は畳につけたままだった。

直腸壁へのグリセリンの浸潤によって、直美の体内の軟体動物が蠕動《ぜんどう》を開始した。手足は縛られているうえに、胴体にも力が入らなくなっている。身体をひねって抵抗の意思を示すことさえできなくなっていく。

排泄欲が肛門に強い圧となってどっと押し寄せてきた。笹間はこけしの頭を直美のすみれ色のお尻の穴に力を入れて無理やりねじ込んだ。

「あぎゃあぁあっ」

直美はお尻に急角度でこけしが直腸まで嵌《はま》ってきて、畳に涎まで垂らして、叫び嗚咽した。だが、排泄欲求がこけしの栓によって堰《せ》き止められた。

(あうぅ、も、もう、出したいっ、恥ずかしくても、見られて笑われてもいい！)

口には出さないが、お尻の中がはち切れそうで悩乱している。

「何十年も前のことだけど、×学×年生と×年生の女の子二人を、森の中で真っ裸にさせてズボッと犯したことがあるよ。そのとき同時にお尻の中に固形物の浣腸剤を押し込んでやった」

その言葉で浣腸地獄の中にある直美は、身体にビクンと反応して戦慄《せんりつ》した。笹間が毒牙にかけたのはアジアの少女だけではなかった。直美はまたさらに笹間のおぞましさを知ることになった。

「いい声あげて泣いたな、その子たち。直美ちゃんほど可愛くはなかったけれどね。直美ちゃんに浣腸していて、ちょっと思い出したよ」

「うわぁ、もうそんな話、聞きたくないっ。お、お願い、おトイレに行かせてぇ！」

「じゃあ、見ちゃうよ。ドバッと出すところ」

「いやぁぁ、見ないでぇ」

「見られたくなかったら、直腸で液を吸収して消してしまうんだな」

「あぁ、あぁぁ、わ、わかりましたぁ。だ、出すところ、見てくださいっ」

「わっはっはっは！」

大声で笑われて、直美はお尻が逆さになったバックポーズで涙を呑んだ。

「あぁ、辰夫さん、直美ちゃんの年ごろは一番恥じらいが強くなるんです。浣腸排泄を男の人に見られたら、もうおしまいなの。だから、それだけは許してあげて」

「うおぉ、そういうふうに言われたら、絶対見てやりたくなるぞ。ブリブリ出ちゃうところ見るからな」

「うあぁぁ、いや、いやぁーっ！」

「そのあと、ズボッと犯す。少女の小さな穴は、ぐふふ、どうなるのかなぁ？」

「お、お母さーん」

「あぁ、直美ちゃん……。も、もう逃げられないのね。お母さんといっしょに、この辰夫さんに養ってもらって、その代わりどんな辱めも受け入れて、楽しんでいただくのよ」

笹間は直美の脚の縄を解いた。解くとき脛にギリギリ食い込んでいた縄が弛んで、直美は「ああっ」と苦悶の声をあげた。そこを笹間は手でさすったりしたが、そんな優しさはよけいなものだった。

直美は脚が自由になると、お尻にこけしを挿入されたままの状態でトイレに連れていかれた。もう母親の異常な説得のせいもあって心は折れていた。

涙も愛液もいっぱい出て、もう観念する気持ちになっていた直美は、浣腸をとことん我慢させられた挙句、トイレで見られながら恥辱の排泄のときを迎えた。

肛門に嵌め込まれていたこけしを摑まれて、一気にズボッと引っこ抜かれた。

「あぁ、やっぱり見ちゃいやぁーん！」

哀しいメロディのような音色のわななきを披露して、笹間が凝視するなか、お尻から爆《は》ぜていった。


トイレで排泄したあと、直美は笹間によって客間から出されて、寝室に連れていかれた。まだ後ろ手縛りは解かれていない。

布団を敷かれるのを見て、ドキリとしてしまう。「さあ」と言って寝転がされると、直美はぞっとした。

笹間は下半身裸になっている。漲《みなぎ》った逸物は直美から見てグロテスクだった。

「いつ見てもご立派ですわ」

母親は直美の印象と違って立派だと言う。手で男の×玉を握って転がしながら、すぐ口に含んだ。直美はもう声は出さないが、思わず眼を背けた。母親はジュポッという恥ずかしい音を立ててしゃぶりはじめ、口からちょっと肉棒を出すと、舌を上下にせわしなく動かしてペロペロと舐めた。

「ふふふ、お嬢ちゃんにも舐めさせたいね」

笹間が直美のほうに肉棒を向けようとした。

「縄解いてやって。手も使うから」

「そうだな」

笹間は直美を後ろ手に縛った縄を解いた。

「あうぅ」

直美は二の腕と小さな乳房にくっきりついている縄目のあとを手で撫でた。縛りはそんなに痛かったわけではないが、ショックが大きかった。まだ涙ぐんでいる。

手が使えるようになったはいいが、それは笹間の×玉をいじらせるためなのだ。直美はおぞましい気持ちになった。

「こんなふうにしなさい」

母親は直美に言ってフェラチオをさせようとした。母親がやったのは、×玉をやんわり握って口に深く咥え、亀頭を舐める流れだった。そんなことをやらなきゃいけないのは本当に恥ずかしい。母親は指をおいでおいでをするように動かして笹間の×玉を転がした。

眼の前で笹間の肉棒が構えられているので、直美は母親の前でそれを咥えさせられた。

直美は母親がやったとおりに口内で笹間のおチ×ポをしゃぶり、口から出すと、舌先で充血勃起した亀頭を細かく舐めていった。

（あぁう、お、おチ×ポを、だめぇぇ）

眼を固くつぶって思いきって口に含む。笹間が押して入れてくると、ズボッと喉まで入ってきた。

「あうあぁっ……うごっ、ごほっ」

直美は噎《む》せながらも、亀頭の弾力を舌や喉で味わった。

直美が笹間の肉棒をペロペロと舐めていると、母親が笹間の手を握って直美の乳房へ導いた。直美は乳首をつままれて揉まれた。

「いやっ……」

男のものを口や舌で性感帯として敏感に感じながら乳首をいじられると、何か性感が連動していって、もうその時点で愛液が出てきそうな気がした。

母親もそばに来て、裸で笹間に乳房を擦りつけている。すでに客間でもっと激しい卑猥な行為をされて絶頂にまで達していたが、新たにセックスへ向けて否応なく愛撫玩弄が始まろうとしている。

仰向けになって両脚を上げさせられて、大きくV字に開いた。そのままのかたちにさせられて身体のほうへ倒された。

「自分でこんなに開くんだね」

自らやったように言われた。直美は少し脚の開きを戻した。

「閉じない」

笹間に両脚の先を摑まれ、もっと身体のほうへ倒された。まんぐり返しに似ているが、脚はピンと伸ばしているので、直美にはちょっとつらくて恥ずかしい。

両脚はまるで大きく万歳するように体側に開いたままになった。

「このポーズをキープしろ」

「やーん」

強く言われて、羞恥する。半泣き顔に崩れて唇を嚙んだ。とにかく笹間は恥ずかしい格好をさせておこうというつもりなのが直美はわかる。ただ、さっきまでの浣腸地獄と比べたらはるかにましだった。なので今どこか安心していられるような状態になっていて、直美はそのこと自体にひどい矛盾を感じた。

「おぉ、綺麗だ。いいよ。手で脚持って」

「あぅ、できないわ」

直美は顔のほうまでまっすぐ伸ばされた脚の足首を摑むように笹間に手をやらされて、何とか手を伸ばして両方の足首を握った。正面から見下ろしてくる笹間の眼を異常なほど意識してしまう。

「まあ、こんな格好恥ずかしいわ。しんどいし……」

「じゃあ、牧子が頭の向こうに立って脚を摑んでいてくれ」

笹間に言われた母親が直美の脚のかかとのあたりを摑んだ。

「だめぇ、こんな格好ぉ……」

とんでもない浣腸排泄の辱めを経験させられていても、やはり全裸でまんぐり返しに近い股間晒しの羞恥は耐えられない。

「うひひひ」

と、スケベそうに笑う笹間がお股の前にどっかり座った。直美はもう太くて硬いおチ×ポの挿入へ向けての卑猥なイタズラだとわかっているので、オマ×コの露出が恥ずかしいうえに恐い運命も感じている。お金で買われた女の子として身体を玩具にされる。望まない親子関係にさせられてイタズラされつづけ、犯されつづける。そんな運命を悟っている。

笹間の手がお股へ伸びてきた。かなり口を開けて襞など見えている恥裂を指数本で繰り返し撫でられていく。

「やぁン、ああン、か、感じるっ……こんな格好でぇ、そういうふうにする、いやぁぁ」

直美はもういじられ感じさせられるのは仕方がないから、せめて辱めのポーズはさせないでほしかった。してもいいという意味のことを言おうとふと思ったが、それを言うと笹間に嗤《わら》われてさらに女の子の大事なところをいじめられることになると思った。

今、笹間の指は大陰唇の膨らみの外側にあった。両手の指で割れ目には直接触らずに撫でられていく。何やら焦らしを行うようなやり方をされていた。そうなると、直美はふと自分の意志に反して、身体が敏感な部分を触って刺激してほしい衝動を起こしていることを感じた。

「はう、あうぅ……」

焦れて感じてきて、愛液が膣口にうっすらと溜まってきた。

「そうやって焦らすんですね」

母親もそう言うので、直美はちょっと顔を起こして自分の下半身を見ていたが、羞恥して笹間の顔を見ることができなかった。

笹間の指はにちゅっと音がしてヌルヌルになった穴を捉えてきた。

「あーう、し、しないでっ」

やっぱりそこに指が入るのはつらい。感じてしまうだけに羞恥と屈辱感が強かった。やられることを観念していても、羞恥心がなくなるわけではない。

「どうだ、母親に脚を持たれて、新しい父親に一番恥ずかしいところをいじられる気持ちは？」

「男の人は母娘でやると興奮するの。母娘《おやこ》丼って言うのよ」

「ひぃっ、ど、どんぶり……い、いやぁぁ」

母親なのにあからさまに言ってくる。母親とともに笹間のおチ×ポを勃起させ、お口でしゃぶり、×玉を転がす。そんなこと、どこの世界でやっているだろう。世界中で自分たちだけのような気がする。

でも、もう涙は出ない。直美はここへきて感じるところをいじり抜かれて飼い馴らされていくことをほぼ悟っていた。

「母親の愛液でヌラヌラになったチ×ポを嵌めてやろう」

笹間に不気味なことを言われた。

（もうセックスされるっ、犯されるぅ）

その覚悟はできつつあった。でもまだ男のビンビンに勃ったおチ×ポが自分の小さな穴に入ってくることが現実のことに思えない。ただお尻の穴にはすでにこけしが入って、嫌というほど感じさせられていた。

「あぁぁ……な、直美ちゃん……」

頭の向こうにいるからよくわからないが、親子丼と言った母親も娘の無理やりのセックスを思って、嗚咽《おえつ》しているように見えた。

「直美ちゃん、お金持ちになって世間を見返してやるのよ」

「はっはっは！」

母親の言葉を聞いて、笹間が大きな声で笑った。

笹間は直美に告げたとおり、まず母親の淫膣に勃起をズブズブと嵌めていった。どうしても勃起した肉棒が母親のオマ×コに入っていくところを見てしまう。無言でいやっと首を振る直美だった。

「はぁあうーっ。ど、どうしても、あぁっ……こ、こういうふうにしなくてはならないんですね」

母親はまだわずかに納得していないような言い方もしている。だが、笹間は母親の愛液で娘の膣にズルッとチ×ポを突っ込むのが興奮なのだ。

母親にしばらく抽送した肉棒が直美の幼膣に迫ってきた。

「ゆっくりよ。優しくしてあげて」

と、娘を思ってなのか、母親はそう言う。

笹間はやはりちょっと妙な気を起こしたのか、さっきまで母親が摑んでいた直美の両方の足を持ってグッと脚をまんぐり返しのポーズに持っていった。

「そんなふうには、だめぇっ！」

直美はわかっていた。母親が優しくと願って言ったことなんて、笹間の耳にまったく入っていないことを。

（いやぁぁ、体重をかけられちゃう）

そのやり方は想像がつく。目の前に勃起したビンビンの肉棒が先っぽの赤黒い亀頭をヒクヒク上下動させて、少女の姫貝を狙っているのだ。

股間が見下ろせる角度になってきたところで、笹間が直美の小さな身体にのしかかってきた。

（来たっ――）

直美は膣口ではっきりと笹間の亀頭を感じた。

「おぅ、これは小さいな。穴に入らない。ずれるぞ」

ぶっくりと膨らんだ亀頭が直美の幼穴にくっついて、すぐ外れた。亀頭がズルッと滑っていく。上にそれたり下にそれたりするのが直美にも感触でわかった。

笹間は亀頭が膣口からずれるため、手で肉棒を持ってしっかり押しつけておいて、腰を引いた。

力を溜めて、ドンと腰を体重をかけながら突き出した。

笹間は槍で刺すように、肉棒を一気に幼膣に嵌めてきた。

「あぎゃあぁあああうぅぅーっ！」

直美は絶叫して身体を硬直させた。パクパクと愛らしい口が開閉し、小さな尖って見える顎がクッと上がった。

勃起した肉棒はお尻の穴に入った電動こけしより一回り太かった。

「ゆっくりやるとかえって痛いのが続くだろ。一気にやったほうがいいんだ」

勝手な言い分である。

「あぁ、直美ちゃんの、そ、そこが、切れますっ」

悲しいかな、直美の処女喪失は母親の愛液まみれの肉棒で行われた。

「ひぎゃあぁっ……あいぎっ……ぬ、抜いてぇ……」

直美にとって極太の肉棒を無造作に挿入された。

硬直していた白い華奢な身体が小刻みに痙攣を始めた。背が弓なりになって頭頂部が布団にグッと押しつけられているから、笹間から顔は見えない。

「動くなよ。じっとしてたほうが痛くないよ。ズボズボやられてるうちに、むふふ、気持ちよくなるから」

笹間はいい加減なことを言う。直美にもわかっている。

肉棒が直美のピンクの美膣に、ズボッ、ズボッとリズミカルに入る。

「ふぎゃあぁぁ」

直美は声を引き絞るようにして悶えるが、そのリズムと深い挿入は止まることがない。大人の凶暴な肉杭が幼膣に打たれて、力のない少女の直美はもうそこから逃げることが肉体的にも精神的にもできない。

「おぉら、おうぐっ……」

正常位で腰の反動をつけて一気に根元までズンと打ち込んできた。肉棒がブジュッと音を立てて嵌り込んでくる。亀頭が膣の底に衝突した。肉壁は亀頭で惨く押されて、恐いほど腹膜のほうへと押し上げられていく。

肉杭は膣や子宮だけでなく、心の中まで支配の杭として打たれていく。

好色な大人の腰の動きは少女の気持ちを踏みにじった。

大人の身体の大きさと×年生の百四十六センチの身体の比較をすれば恐いほどだった。上から覆い被さって勃起の漲《みなぎ》りをズニュッと子宮口をつぶすまで挿入された。

「うわぁぁ、あぅ、むぐぅぅぅーっ」

小さな花のようなお口がさっきから大きく開いて、白い歯とピラピラしたピンクの舌を覗かせて、穴、肉の筒、奥の肉袋の悲鳴を内から精いっぱい披露している。

「むお、い、いい……狭くて、おぉ、先っぽが感じる。むぅ、い、今、子宮にぶつかったぁ」

おぞましい声を聞かされながら、直美は本能的な反射によってときどき膣壁がクイッ、クイッと締まる。締まる中を太くてごつごつした肉棒がすばやくズボズボと抽送されていく。

「あうぅあぁあああーっ」

痛みと快感が重なって高まり、肉棒をズコズコ打ち込まれて、さらに快感が昂ってくる。痛いが、それが快感に溶け込んでいって、痛みと快感が合体してまた快感が強くなっていく。

「痛くても気持ちよくなってくるぞぉ」

嫌な予感がすることを言われて、肉棒が嵌ったままぐるりと身体を回転させられた。バックポーズにさせられたのだ。

そのうち生理が始まる少女の穴に、男の野太い肉棒がひっきりなしに入ってきて、赤味が濃くなった姫穴がぐっと大きく拡げられていく。そのとき膣一帯が陥没させられて花びらの襞襞も見えなくなった。

胎内の行き止まりに射精しかねない肉棍棒がめり込んだ。

「あぐわぁあーうっ！」

死ぬような呻き声を瑞々《みずみず》しいお口から披露して、ふだん子供がまず見せない眉間に深くつらい皺をつくる顔になった。だが、そのしかめっ面もどこか感じている顔の表情に見えてしまう。

「あはぁン、あふぅン……」

ピン立ちの肉棒が直美の幼膣を出入りするたびに、鼻から抜けていくような涙声を聞かせてしまう。

「ほーら、まだ×学生なのに、そんなふうに喘ぎ声出しちゃって……。痛いだけじゃなくて、感じてる証拠だ」

「あぁン、はぁあああーン！」

快感のかん高いわななきを披露して、ポロリと涙が頬を伝ってこぼれていった。声は出したくないのにどうしても出てしまう。喘ぎ声が鼻から抜けて、身体がのけ反ってしまった。

やがて、笹間は射精しそうになったのか、肉棒を直美からすばやく抜いた。

（あぁ、まだ出さない気なんだ……）

直美は早く終わってほしいと、射精されてもいいと本気で思っていた。射精はすでに割れ目や下腹、もっと上にもかけられて経験していた。

何を思ったのか、直美は笹間によって風呂場に連れていかれた。

風呂場に入ったけれど風呂を沸かして入るわけでもなく。何のためなのかわからない。

母親もなぜ風呂場に来たのかわからない様子だったが、電動こけしを持たされて、タイルの床の上で四つん這いにさせられた直美の肉芽に当ててきた。

「わぁぁ、何するのぉ。だめぇぇ、お母さんがそんなことするのおかしい！」

当然の反応だったが、直美は今どうすることもできない。肉芽が電動こけしの振動でたまらなく感じさせられていく。

笹間の勃起が再び、直美のピンクの幼穴をバックから見事に貫いた。

「ふぎゃあぁあああっ！」

いきり立った肉棒が直美をわななかせた。男の生殖棒にまたしてもずぶぅと幼膣を小袋まで串刺しにして貫かれてしまったのだ。そうやって一度抜かれたおチ×ポをまた嵌められると、なぜか恥辱の感情が起こってきた。

小さな膣穴を押し拡げてズボズボと出入りしていく。

直美はそれまで続いていた快感から口が半開きになり、思わず舌を反らせて上唇をぐるっと舐めた。一瞬、舌の赤い裏側が見えて卑猥だったのではないかと直美は気になった。

「イッ、クゥ、イクゥッ……」

快感から、思わず二穴を取り巻く8の字筋を絞り込んでしまった。昂りが淫膣を突き抜けて、ビクン、ビクンと、上体が二回、強く痙攣した。快感が腰骨腰肉にまで浸透して、顎が上がり、身体が強張っていく。

抽送される肉棒がヌラヌラと愛液で濡れて滑り、自ずと速度がついてさらに濡れが増してきた。小陰唇がハの字に広がって、大陰唇も太い肉棒のせいでかなり左右に拡げられていく。

「あン、イク、イクゥッ、はううーン！」

白肌を薄く覆う産毛が総毛立った。直美は鼻にかかる甘ったるい喘ぎ声を漏らしながら、身体を大きくよじらせた。

子宮に笹間の亀頭が衝突した。

「だ、だめぇっ……いやっ、あぁ、やぁン！」

また、ズンッと子宮を突かれた。牡液を直接子宮の中へ注入しようという意志を感じた。

「おうあぐっ」

ドビュルッ……ドビュビュッ！

笹間は肉棒を力いっぱい幼膣内に押し込んだので、尿道口が子宮口にくっついた状態で熱液が激しく放出された。

「あうぅーん、イ、イクイク、イクゥウーッ！」

また脳天にまで達する快感に打たれた。尻肉がプルッ、プルンと卑猥に揺れた。

ドビュビュ……ドピュッ……ビチャッ……。

子宮口に連続的に精液が注入されていく。

「膣《なか》は、だめぇぇ！　許してっ──。あぁ、あうぅぅぅーっ！」

悲哀感のする啼き声が長く尾を引いた。膣と子宮に吐精された刺激とその快感で屈服していく。

射精が終わっても、肉棒は膣に挿入されたままだった。

直美はオルガの訪れのあと、脚に力が入らなかった。

「あぁう、あはぁあう……もうしないでぇ、したらだめぇぇ……」

快感は確かにあってイカされてしまうが、それが嬉しいわけではない。無理やりの嬲りである。膣と子宮に快感の余韻が泥となって溜まっているので、×学生のまだ幼い下半身はへなへなして、内股ぎみに蕩けて崩れかけた。

その状態で「はン、あぁン」と、鼻声で啼いて、顎が上がったままゴクッと喉を鳴らした。

エクスタシーのひとときが過ぎて脱力した直美は、虚《うつ》ろな眼差しになって、風呂場の床にベタッとお尻をつけた。

「こけしをお尻の中に入れるんだ」

電動こけしは笹間に言われて母親の手で直美の肛門にズブズブと挿入されていった。

「お母さん、だめぇっ……はぐぐぅぅう、ダメーッ、入らないぃぃ！　許してっ、うわぁぁぁ」

直美はお尻に、電動こけしを挿入された。それをすぐズポズポと直腸内部で抽送されはじめた。ビンビンにバイブレートされていく。

苦痛が大きいが、ブーンと振動がかけられて、

「はンあうぁああっ」

と鼻声の喘ぎを披露してしまった。クリを舐め舐めされてイキまくった快感の残りにまた火がついて、尻穴からの刺激が影響して幼膣幼芽がピクンと反応した。また愛液がジワリと滲んできたのである。

「あう、あぁぅ、はうッ」

直美は快感で口から喘ぎ声が漏れてしまう。

と、突然ジャーッと放尿された。

膣の中が熱くなった。膣口から尿が溢れてくる。

「オシッコなんて、そこまでしないであげて」

母親は哀願するが、直美には本気ではないように聞こえた。

直美は放尿してくるおチ×ポを膣でギュッと締めて感じてしまった。

子宮にまで男のオシッコが入って、悲鳴をあげさせられた直美は、なぜ風呂に入れられたのかようやく理解できた。

「うはは、膣内の精液のドロドロを流したほうがいいよ」

「ひぃぃぃーっ、やめてぇーっ！」

言われて悲鳴を奏で、ちょっと泣き出した直美の膣内には、ジャーッと放尿されつづけた。

「お願い、いやぁぁぁ」

直美は尿の熱と刺激を膣に受けて、下半身を悶えさせた。

もちろん精液を洗い流すというのは口実で、激しくそうやって、いやらしいいじめをして感じさせようとしているのだ。

「娘のおさねをいじって感じさせるんだ」

笹間が母親に求めると、直美の肉芽は母親の手で擦られていった。幼膣とアナルと肉芽の三カ所が同時に嬲られている。

ガクガクッと華奢な腰が切ない痙攣を披露した。

「イクッ、イクイク、イクゥゥーッ!」

電動こけしを尻穴で激しく抽送されて、幼肉から脳天まで快感が突き抜けていった。

(あぁ、今日から毎日、お母さんといっしょに犯されるんだわ……)

直美は恥辱の運命を悟っていく。

やがて膣内への放尿も終わり、ズルッと肉棒が抜かれた。

直美はいちおう母親と笹間によってオシッコまみれの股間を洗われた。

「直美ちゃん、いいかい。こういうことは誰にも言わないほうがいいよ」

まだぐったりしてタイルの床に腹這いになっている直美の耳に、笹間の声が聞こえてきた。

「わしは捕まって、お母さんも同罪だろうから捕まってしまう。直美はちゃんは施設に入るよ」

「……」

何を言われたか、すぐにはわからなかった。

「で、直美ちゃん、どうするの。楽しいことなんか全然させてもらえないところに押し込められて過ごすことになるんだ」

「い、いやぁ……」

言われたことは想像つかないが、何か苦しいことになりそうで恐くなる。

「直美ちゃんにはもう自由はないし、つらくなるよ。わかる？　施設にはひどい子もいて恐いかもね」

「やだぁ」

「痛いこともされて」

「い、いやぁ、行かないわ、そんなところ」

「だめなんだ、行かなきゃいけなくなるんだ。そこで真っ裸にされて、身体検査されて、変な服着せられて、恥ずかしいこと、つらいこといっぱいあって、おいしくないもの食べさせられて、自分のこと全部自分でしなくちゃいけなくて」

「やーん、さっきからいろいろ言って脅かしてるぅ」

直美は涙声になる。母親は「直美ちゃん……」と何を言いたいのか身体を撫でてくるだけだった。

「それに父親に犯された子ってレッテル貼られるしね」

「うあぁ」

「可愛い少女はおとなしくしていればいい。それで幸せになる」

「ひぐぅ、あぁぅ……」

直美は脅しで今までのことを隠蔽して、闇に葬ろうとする魂胆はわかっている。だが、それでも腹立たしさより羞恥心と恐怖心が勝っていた。

直美は笹間のしたことを表沙汰にする気持ちはほとんどなかった。

第六章　公園での張形装着散歩

（あぁ、わたし……お、犯されたわ……浣腸ぉ、いやーん、だめぇぇ！）

あれからまだ三日しか経っていない。口にできないようなイタズラをされた記憶が鮮やかによみがえってくる。大嫌いなタイプのスケベ親父によって凌辱され、望まない絶頂快感を味わわされた。

（絶対嫌なのにイカされた――）

その思いで狂おしくなる。陰湿な愛撫と肉棒の挿入、容赦のない抽送によってエクスタシーに達してしまった。絶望の中での膣内射精によって、直美は心を深く蝕《むしば》まれていた。寝ても覚めても強姦されたことが頭から離れない。

直美は凌辱の体験がフラッシュバックしてきて、コーヒーカップをテーブルにゴトンと音を立てて置いた。

直美は笹間の屋敷に囚われるように住まわされていた。母親はまだアパートにいて引っ越し準備などで忙しい。

昼食を終えたばかりでキッチンにいたが、居間のほうに来いと笹間に言われていた。学校はもうとっくに夏休みに入っている。ある意味一日中笹間の家にいなければならない状態でもある。それは地獄かもしれなかった。

「あう、あぁう……」

声が漏れて股間を庇《かば》うように内股気味に縮こまる。

「今日はね、お母さんは××公園で待っているんだ。そこへこれから車で行くよ」

居間のソファに座ると、笹間から妙な小包の紙袋を渡された。××公園はかなり離れたところにある高い植え込みも多い広い公園だった。

直美は袋を触った感触で、何か柔らかいものが入っていることがわかった。発送元が東京の販売店になっている。内容は衣類だった。

「さあ、開けてごらん。直美ちゃんのために買っておいたんだ」

悪い予感がしながら袋を開けると、何枚か衣服が詰まって入っていた。

ソファの上にごっそり出してみると、ショッキングピンクのショートパンツと赤と黒の格子縞のマイクロミニスカート、それに原色のブルーのボディシャツ、さらに黒いひも状の上下のランジェリーだった。

「何、これ？」

「下着とボディシャツを着て、スカートかショートパンツのどちらか選んで穿いてね。むふふ、わしが運転する車に乗っていくんだ」

（いやぁ、恥ずかしい格好をさせようとしてる……）

好色な笹間の考えつきそうなことだと唇を噛みしめた。手にしたショートパンツはストレッチ素材らしく、子供が穿くような小ささに見えた。

「こ、こんなの穿けって言うの？」

濃いピンクのショートパンツも赤と黒の超ミニスカートも直美が穿いた経験のない見るからに丈が短くてセクシーなものだった。どちらか選ばせて楽しもうという魂胆のようだ。さらに黒いひもの下着も気になる。

「これ、ひもだけのパンツだわ。ブラジャーもカップが小さい！」

直美の手のひらに全体がひも状のアダルトランジェリーが載っている。パンティは一本のひもになった下着の用をなさない代物で、黒いブラジャーはカップが直径三センチくらいの乳首のみかろうじて隠せる程度の大きさだった。

ボディシャツを手に取ってみた。透け感があって、生地を引っ張ってみると軽く伸びていく。ショートパンツと同じく伸縮素材で、肌に密着しそうだ。

服のほかに包装紙に包まれた箱もあった。「箱も開けて見ろ」と笹間が言うが、中身を確かめるのも恐い。両手で持ってちょっと振るとゴロッと中で音がした。

箱を開けると十センチくらいの小さな張形のこけしが出てきた。電動こけしよりずっと小さかった。

「スカートかショートパンツか、どちらか選んで穿くんだ。上はボディシャツ、下着もそのひもパンティを穿くんだぞ」

「な、何をさせる気なのぉ？」

「夏休みだろ、おじさんと、いや、パパとドライブだ」

「えーっ」

「ふふふ、車でちょっと遠くまで出て、適当なところで散歩するだけだ」

散歩と言われて想像してしまうのは外で晒される自分の恥ずかしい姿だった。路上で露出の羞恥に悶えさせられる。そんなこと、いやっと思わず声をあげそうになった。

「試しに両方穿いてみたらいい」

「いやぁ」

「着てみないと、どっちが直美ちゃんに似合うかわからないだろ」

「あぁ、両方とも短いわ。こんな恥ずかしいの穿いてお外に出たら……変な眼で見られちゃう！」

超ミニにせよショートパンツにせよ、穿いて外を歩けるものではない。上着のボディシャツも薄い化繊の生地が不安感を掻き立てる。

「服以外にも、いいものがあったろう？」

訊《き》かれて、はっと息を呑んだ。張形のこけしのことを言われたのだ。刹那《せつな》絶句させられた。

「直美ちゃんの好きなバイブレーターじゃないけれど、あそこにずっぽりと挿入して歩けば興奮するよ」

「そんなことできないわ。わたし、もうイタズラされて、お、犯されたもん。これ以上は許してぇ！」

「何が犯されただ。電動こけしでイキまくった少女が偉そうに。ほぼ合意だろ。言うことが聞けないなら、直美ちゃんとお母さんがやっていた商売のこと学校のお友だちにばらしちゃうぞ」

「そ、そんなこと、だめぇっ」

直美は引き攣るような声をあげた。いやらしい話と脅しは耳からの刺激となってかえって心の中にストレートに入ってきた。羞恥と屈辱感がどんどん深くなっていく。

「とにかく言うとおりにするんだ。着替えるところは見ないから、直美ちゃんが好きな試着をするんだ。スカートかショートパンツかどちらか穿いてちゃんと準備しておくんだぞ」

笹間に念を押された直美は涙ぐむ。スカートもショートパンツも恥ずかしいし、上のキャミソールのようなものも生地が薄すぎる。下着もアダルトものを身に着けて野外で裸に近い身体を露出させられる。そんなことは恐怖以外の何ものでもない。

直美はしばらく思考が停止したような状態で身体が動かなかった。だが、笹間に脅されて、言われたように服や下着を身に着けて確かめてみないといけない気がしてきた。

いったん袋に戻して詰め込んでいたものをドレッサーの大きな鏡がある部屋に持っていった。笹間は言葉どおり見にきたりはしなかった。

直美はふっと溜め息をついて、まず上を脱いだ。

袋の中身を出して、細いひもブラジャーを手に取った。カップは乳首だけ覆う小ささである。何とか乳首を隠して着けてみて、鏡の前に立った。

「こんなのブラジャーじゃないわ！」

乳頭は隠れたが、少女で小ぶりにもかかわらず、直美の円錐形の乳房は極小カップでは覆いきれず、外周がはみ出してしまった。

そんなブラジャーの上にボディシャツ一枚着て外を歩かなくてはならない。下はスカートかショートパンツを選べるが、上は薄い化繊の生地のボディシャツしか許されない。不安な気持ちのまま着てみると、化繊の生地が肌をパンと叩くようにフィットした。

「あぁ、やっぱり……」

肌にまとわりつくように密着して、案の定くっきりとブラジャーの形が浮き出してしまった。すそ丈が異常に短く、へそ出しで、身体の線が露《あらわ》になった。

「こんなの恥ずかしい！」

超ミニやショートパンツを穿く前に、上半身の透け感だけで立ちすくむほどの恥ずかしさなのだ。

次に恐るおそる黒いひもパンティを穿いてみた。

「だめぇ、食い込んじゃう」

ひもが恥裂に完全に挟まった。その羞恥は誰も見ていないのに、直美を思わず前屈《かが》みにさせてしまう。恥丘から尻溝までひもが一本渡されるのみという下着の用をなさないアダルトショーツである。シークレット部分を隠すことはまったくできない。

直美は下も穿いて確かめなくてはならなかった。どちらを選べばいいのかわからない。まず穿きやすいように見えるスカートを手に取った。マイクロミニスカートは手にしただけでその小ささが心もとなくなる。

赤と黒の格子縞の超ミニを穿いてドレッサーの前に立った。

「な、何なのこれ！」

ドレッサーに映っていたのは三歳児並みの異常に短いスカート丈の姿だった。脚が太腿のつけ根に近いところまで露出している。

後ろを向いてドレッサーを振り返ってみた。

「お尻が見えてるっ」

尻たぶのすその丸いWの形が露になっていた。少しでも前屈みになろうものなら、間違いなく尻溝まで丸見えになってしまう。そこはアダルトショーツの黒いひもが一本食い込んでいるだけの裸なのだ。歩くだけでお尻は露出しまくることが予想された。前も不意の風でスカートが少しでも翻《ひるがえ》れば、最も危険な箇所が人目に晒されてしまう。

「いやっ、絶対見えてしまう。こんなスカート穿いて外に出られるわけない！」

直美は青ざめた顔をしてマイクロミニを脱ぎ捨てた。そして今度はショッキングピンクのショートパンツを手に取った。それは小さく縮んだ一分丈のレギンスにも似ていた。

見るからに小さくて腰にピッチリ貼り付きそうな危ういショートパンツだが、穿いて確かめるしかない。恐々穿いてみると、フロントがジッパー付きとは違って秘部につらいほどフィットした。

ドレッサーの前に立ってみた。

「ああっ、ショーツみたい」

直美は恥ずかしさから自然に内股気味になっていく。デニムや厚手の布のショートパンツではない。アウターとして着るには恥ずかしい、ビッチな大人の女が穿くようなパツンパツンのローライズショートパンツである。表面にひもだけでできたパンティの形が浮いていた。

外を歩くうちどうなるか心配だった直美は、部屋の端から端まで二往復して、再びドレッサーの前に立ってみた。

「このショートパンツ、だめぇっ！」

直美は思わず叫んでいた。魅惑の縦スジが恥丘の下部に現れていたのだ。パンティ自体がひも状ですでに恥裂に挟まっているため、少し歩いただけでその上からショートパンツの化繊の生地も食い込んだ。

直美は涙目になってくる。後ろを向いてお尻も確認した。フィット感が強いショートパンツは尻溝にも食い込み、丸々とした臀丘の輪郭がこれ見よがしに露になっていた。

(あぁ、外で晒させて、辱《はずかし》めて……言いなりになる女の子にさせるんだわ!)

直美は恥辱の姿を外で晒すことを思うと、奴隷という言葉が脳裏に浮かんだ。笹間は単に欲望のまま犯そうとしているのではない。浣腸なども同じだが、さまざまな手管で辱めて飼い馴らそうとしている。直美はそれを悟って少女ながら戦慄した。

超ミニでもショートパンツでもどちらにせよ、ひもパンティは穿かなくてはならない。

「だめぇ、こんなのわたしじゃないわ」

ショートパンツを少し下ろしてもう一度ひもパンティを見てみると、股間の奥まったところから恥丘のふもとまでパンティの黒いひもが渡されて、裸以上に卑猥な有様になっていた。その恥ずかしさ、情けなさに涙ぐむ。直美は結局お尻がはみ出してそのひもパンティまで露出するマイクロミニスカートを穿くことはできず、ショッキングピンクのショートパンツを選んだ。

やがて、笹間が直美のいる部屋に入ってきた。午後一時を回ったころだった。

直美はボディシャツの上に母親が家から持ってきていたカーディガンを、ショートパンツの上にスカートを穿いていた。

「服を脱いで」

笹間を部屋に入れると、案の定すぐに言われた。

「あぁ、お願い……」

「ちゃんと言いつけどおりにしなきゃだめだ」

直美は睨まれて、身体が一回り小さくなるように笹間の前で縮こまってしまう。泣くなく服を脱いでいった。ブルーのボディシャツに黒いひもブラジャーが、ピンクのショートパンツには黒いひもパンティが透けている。そんな姿は笹間一人に見られるだけでも羞恥に身を揉んでしまう。

「ショートパンツを穿いたのか。エロいなぁ」

恥ずかしい姿を笹間に目の前で見られている。身体にボディシャツとショートパンツが密着した直美は卑猥なラインが嫌が上にも強調されている。

「張形のこけしは挿入したか？」

直美は恐れていたことを聞かれて、黙って首を振った。

「だめじゃないか。挿入しておけ」

直美はしばらく躊躇《ちゅうちょ》したあと、机の引き出しにしまっていたこけしを出して、隣の部屋で膣に挿入した。屈辱的な状況でも挿入のとき痛みと快感があった。それが惨めな気持ちを起こさせる。

おずおずと笹間の前に立った。

「ずっぽりか？」

下半身をじっと見られて訊かれ、直美は羞恥に満ちていく思いでコクリと頷《うなず》いた。

ニヤリと笑った笹間が手を伸ばして、ショートパンツの恥丘でもっこりしたところを触ろうとした。直美は腰をひねって逃れたが、お尻をひと撫でされてしまった。

「いやっ、触らないで」

笹間の手を払いのけようとするが、さらに尻たぶをギュッと摑まれた。

何とか手を振り払うと、今度はボディシャツに形が露な乳房を触られた。直美はたまらず笹間の胸を両手で押して離れた。

「いいじゃないか、恥ずかしい痴女の母娘。下着売りの少女だろ……」

蔑《さげす》むような笑みを見せて言われ、直美は笹間の顔を上目遣いに見上げて、屈辱感からしばらく唇を噛みしめていた。

「スカートはどうした？」

超ミニのことを訊かれ、タンスの引き出しに入れていたので、出してきて笹間に渡した。結局そのアダルトグッズの一つと思われるマイクロミニも穿かされるのではないかと不安になってきた。

やがて、直美は笹間が運転する車の後部座席に乗せられて目的地に向かった。シートにお尻を沈めていると、挿入したこけしの異物感を感じた。前からフロントガラス越しに派手な姿を通行人に見られると、自分のことを知っているような気がしてと思わず俯いた。

身に着けた恥ずかしい下着や服を意識して、羞恥と屈辱感、そして何か得体の知れない被虐の意識が徐々に心の底に沈殿してくる。路上で露出なんて強い抵抗を感じる。通行人に恥ずかしい衣服が自分の好みだと思われてしまう。

笹間が運転する車はやがて市街地を離れた。どこまで行くのか隣県に近いところまでひたすら車を走らせた。

やがて車が停められたが、近くに公園は見当たらなかった。

わざわざ遠くまで連れてきたのはなるべく目立たないようにするためなのか、とにかく直美がまったく土地勘のない場所だった。

直美はドアを開けた笹間に黙って車から降ろされた。

「この道をまっすぐ××公園まで歩いていくんだよ」

笹間はそう言うと、直美をその場に残して車を走らせていった。

一人にさせられて急に不安感に襲われてくる。人通りはまばらだが、透け感のあるボディシャツと腰にぴっちりフィットしたショートパンツの姿を晒しながら道を歩くのはたまらなく恥ずかしい。

直美はまだ見えてこない公園に向かって歩きはじめたが、早くも前から二人男性が近づいてきた。

胸の鼓動が高鳴ってくる。ショートパンツの前が異常に気になった。まだ子供なのに恥丘が妖しく盛り上がっているのだ。しかも歩くうち、生地が恥裂に情けないほど深く食い込んできた。左右の大陰唇が横に開き気味になって、生地が挟まれやすくなっている。両側の厚い肉唇の形まで露になっていた。

後ろからも足音がしたので振り返ると、女性の姿があった。ショートパンツのすその下は尻たぶのお肉がぷくっと膨らんではみ出している。それは自分の感覚でわかった。破廉恥なショートパンツのお尻は後ろの女性に見られているだろう。

男性二人とすれ違うとき、割れ目に視線が刺さってきた。

（いやっ、見ないで……）

恥丘を二分割する黒いひもがショッキングピンクのショートパンツにおぼろげに透けて見えている。そのひもは恥裂に厳しく食い込んでいるために、土手の下にまっすぐ魅惑の縦スジが浮き出している。そんなところを見知らぬ男性にじっと見られていくなんて経験したことがない。笹間の屋敷での秘められた辱めとはまるで異なる直接的な羞恥と屈辱を味わった。膣内の張形にも悩まされている。

公園に着いたところで直美は愕然とした。母親の姿はなく、代わりに見知らぬ男が二人待っていた。年齢が三十代と四十代くらいに見える。彼らの前に、ボディシャツとショートパンツが密着した百四十六センチのスレンダーな肢体を晒した。

「おおー」

男たちにボディシャツに透けた黒い極小ブラジャーを見られている。

「どピンク色だな」

一人はショートパンツの色をそう表現した。ショッキングピンクはえげつないほど濃厚で娼婦性を感じさせている。視線が痛いほどで、直美は顔を上げられず、地に足がつかない。直美はその場に立ちすくんだ。

「ふふふ、聞いたぞ。恥ずかしい女の子だな……」

じっくりと心の中を探るような眼差しで見られて、言葉を発することができなかった。

まもなく近くで車を停めてきたのだろう。笹間が姿を現した。

「お母さんが勤めていた会社の人たちだよ。ふっふっふ、わかる？　直美ちゃんとお母さんがやってたことを教えたのはわしだよ」

「えーっ」

直美は会社に告げ口したのが笹間だったとは思ってもみなかった。

「もうお母さんも知ってるんだよ。馘《くび》になってもらったほうが、ぐふふ、飼い馴らしやすかった。まあ、結婚することになるとは最初は思っていなかったけれどね」

「お嬢ちゃん、実は笹間さんと俺たち二人は、お母さんを縛って、ふっふっふ、身体に蠟燭を垂らすＳＭプレイをして楽しんだんだよ」

「そ、そんな、いやぁぁ！」

驚愕の事実を知らされた直美は、恥ずかしい格好でいることも忘れて、その場に立ち尽くした。

結婚するっていうのに、親子になるのに、こんなことしてどういうつもりなの？

直美はわからない。自分一人で独占せずに仲間のような者を増やしていこうとしているのか。

い、いやぁ……女の子を寄ってたかって辱めるのが好きなのぉ。だめぇっ、お外で恥ずかしい格好をさせて、これからどんな恥ずかしいいじめを受けるのか、直美はそれを思うと羞恥で身が縮こまってしまう。

「オッパイの形がいい！」

「そうだな、でも、女の子の割れ目ちゃんもすごいことになってる」

二人の男がそばまで来た。直美は胸と割れ目のことを言われて、怖気《おじけ》づく。

胸の小さな無花果を左右とも二人に握りつぶされた。

「だ、だめぇーっ！」

直美は美形の顔が羞恥と痛みと快感に歪み、口が半開きになった。感じたような顔の表情を見せるものだから、笹間にニヤリと笑われた。

乳房を揉みつぶされて、直美は苦悶するように上体をくねらせた。

「お二人とも、下も興奮できますよ。ひもパンティが食い込んで、異常な割れ目ができてますからね」

笹間が言うと、男の手が直美の股間にすっと差し込まれた。

乳房はまだもう一人の手でいじられている。男の指が上へ曲げられて、ショートパンツの薄い生地を通して膣口あたりに指先がめり込んだ。直美の乳房と秘部に快感が生じている。同時に張形も膣襞を拡げて快感を起こさせていた。

濡れた恥裂を前へと強引に掻き出された。

「あーうっ！」

敏感な肉溝をえぐられて、直美は思わず爪先立つほどおののきの声をあげた。

「公園の外をぐるっと回ってこい」

笹間が命じた。

「そんな、恥ずかしい！」

「エロい格好を見てもらえ。痴女の女の子はそれが好きなんだから」

笹間に嘲笑うように言われて、透けたボディシャツと密着しすぎるショートパンツの恥ずかしい姿で、直美はもう隠れる場所とてない。

「確かに、恥ずかしい商売をしてました。でも、だからといって、弱みを握って辱めるなんてひどい！」

「身から出た錆《さび》だな」

「それにもう慣れてきてるだろ」

涙声で訴える直美だが、二人に揶揄《からか》い半分に扱われてしまう。

笹間は黙ってにんまりして見ていたが、「恥ずかしい子はこうだ」と言って、ショートパンツを盛り上げる幼い美尻を平手でバシリと叩いた。

「あうっ」

直美は思わず尻をぐるっと一回転させるように振った。幼児のようにお仕置きされる羞恥と痛みで顔をしかめ、情けなさから唇を嚙みしめた。

公園の周囲は四、五百メートルはあった。一周するだけでかなり時間がかかる。

（いったい何人の人とすれ違わなくてはならないの？）

それを考えると、直美は羞恥に身を揉んでしまう。ショートパンツに惨いほどの食い込みができているのだ。

だが、逃げ場もなく抵抗できない。直美は狼狽《うろた》えて自分の前後をキョロキョロ見たりしながら、羞恥に震える脚で歩きはじめた。

「おっ」

すれ違う歩行者の声が耳に入った。顔は見なかったが、自分に眼を瞠《みは》っていることはわかった。

悩ましいボディラインと表面に浮き出ているアダルト下着を隠したい気持ちから、両手が身体の中心に寄ってきた。今、直美の中では玩弄され抱かれることよりも、人目に晒される恥辱のほうが数倍苦痛になっていた。

ショートパンツはストレッチ素材のため密着感が強く、歩くうち尻の割れ目にも深く食い込んだ。ショートパンツというよりパンティに近い恥ずかしさである。丸く張ったお尻と尻溝の卑猥な形状が晒されて、背後からの視線にも怯えてしまう。

公園内から笹間たちが見ている。公園の周囲を歩く直美は中からよく見えている。前から歩いてきた男たち三人が直美を遠慮なく見ながら近づいてきた。

三人は極小の乳首ブラジャーが透けた胸からじっと視線を離さなかった。さらに視線が下がって、激しく食い込んだピンクのショートパンツの前を凝視された。直美はそこが目立っていることを如実に感じた。

膣壁が震え、こけしのせいでGスポットにキュンと快感が襲って、歩き方がのろくなってくる。人に見られたら、感じているのを悟られそうな気がした。

女体のラインを余すところなく露呈させられた。乳房や乳首の形がくっきりと浮かび上がり、陰唇の膨らみ、割れ目の形も露となった。

「あっ……いやっ……はぁうっ！」

十分以上かかっただろうか、直美はようやくだだっ広い公園を一周して戻った。笹間と男二人に眼を輝かせて迎えられたが、悲しいかな刹那安心してしまう。

ひもパンティが食い込んだ膣が熱く濡れてきている。膣内のこけしのせいもあるが、通行人の熱い視線に煽られて、まだほんの少女なのに心ならずも女の恥ずかしい本能を刺激されてしまった。

「ミニスカートを穿いて、もう一周だ！」

「ああっ、やだぁっ」

やっとのことでスタート地点に戻ってきたというのに、今度はミニを穿いて一周するように笹間に命じられた。

「そんな、もう許してぇ」

わざわざ買ってくるのだから、スカートも穿かせる気でいるはずだと思っていた。案の定、そうなって直美は涙ぐむ。笹間は見るとズボンの前を膨らませていた。

「あぁ、ミニスカートはとても短くて……お、お尻がはみ出してしまうの」

「それはちょうどいい。直美ちゃんにぴったりの超ミニだ」

直美は笹間に手を摑まれて公園の植え込みの陰に連れていかれた。

「このミニに着替えるんだ」

いったん回収されていたマイクロミニスカートを渡された。

直美はショートパンツを腰を引き気味に脱いでいく。男たちの眼差しに羞恥して眼をキョロキョロさせながら格子縞の超ミニを穿いた。

「ひぃ、お尻も前も見えてしまいますっ」

「さあさあ、もう一度……ひっひっひ」

「そうだ、世間のみなさんに見てもらいな。お嬢ちゃんの本当の姿を」

涙声で訴えているのに、男二人も嬉しそうに顔をほころばせている。

「い、いやぁ……ああ、恥ずかしいです。お願い、あ、あう、ああう……」

笹間や母親が馘《くび》になった会社の男たちの前で、直美はとうとう涙が溢れてきた。超ミニはスカートというより、スカートの形をした何かの飾りといったほうが適当だろう。再び人の前にセクシーすぎる格好を晒さなければならない。

いっそのこと平気な顔をして羞恥心を見せずに歩こうかとも思うが、そんな取り繕う勇気も湧いてこなかった。

股下一センチの異常なミニスカートだから、早歩きなどしたらお尻も前もあからさまに覗けてしまう。ただしゆっくり歩いていても尻たぶのすそは露出している。

「まあ、恥ずかしい格好ねえ」

中年女性がすれ違いざまじっと見ながら、眉をしかめて言った。直美はひたすら恥じ入ってまったく顔を上げられない。超ミニのすそを手で押さえていたが、だんだんその気力もなくなってきた。手を離すと、ひらひらしたすそは歩くたび捲れて、ひもパンティ一本尻溝に挟まっただけのお尻や前のひもが食い込んだ恥裂が覗けた。

羞恥と屈辱から自然に脚を閉じ合わせ、内腿をスリスリと擦り合わせながら歩いていく。行き交う通行人の視線を恥じて、歩道に視線を落として俯いたままになる。歩くうちひもパンティが恥裂にこれでもかと深く食い込んできた。

「俯くくらい恥ずかしいなら、あんな格好しなきゃいいのに」

「あはは、ホント」

若い女性に恥じらう様子を揶揄われた。直美は思わず走って逃げ出したい気持ちになった。意地悪な風が超ミニの中に入り込んで翻《ひるがえ》った。

「うわ」

「何、あの子」

後ろから人の声が聞こえてきた。お尻が丸見えになって、ひもパンティが食い込んだ媚肉まで晒されたはずだ。直美はショートパンツでは見えなかったお尻丸出し、割れ目露呈の恥辱に涙した。

直美は速足になって逃げるように前に歩みを進めた。短すぎるすそが簡単に捲れてくる。黒いひもが食い込んだ秘部と白い尻たぶが露出しまくるのがわかる。それでも一刻も早く元いたところへ戻りたかった。あられもない姿を見られて、泣きたいほどだ。

心が折れて胡乱《うろん》な眼つきに変わってくる。今は羞恥に悶えながらゴールを目指すしか方法がない。そんな恥辱を露呈した状態で直美は歩きつづけた。

露出を強制された直美は心で抵抗していると、もうその心がつぶれそうだった。どこか女の本能が働いて、辱めに挫けて露出の羞恥を受け入れはじめた。羞恥に悩乱することによって心ならずも感じてしまい、膣口に愛液が溜まってきている。愛液は発情の証《あかし》だった。直美は徐々に露出の快感に侵食されはじめていた。

ようやく元いた場所に辿《たど》りついた。

直美は露出プレイから解放された。だが、恥辱で気持ちが高揚した直美は秘部が疼いて内腿の膝に近いところまで愛液が垂れてきていることに気づいた。

前に立った笹間に、マイクロミニのすそを摑まれて大きく捲り上げられた。

「やめてぇ！　スカート、ま、捲らないでぇ！」

割れ目もお尻も見られてしまう……眉をしかめる必死の形相《ぎょうそう》で、しゃがみかけた弱腰の羞恥ポーズで悶えた。

「だめぇっ」

腰を引きながら両手でスカートの前を押さえたが、パンティの黒いひもが挟まった肉の裂け目が露出した。さらに、後ろにいる笹間にもスカートを捲り上げられて、尻溝に黒いひもが食い込むだけの幼い美尻も晒された。

幼尻と割れ目食い込みの凄まじさが白日の下に晒されて、直美は思わずしゃがみ込もうとした。だが、男たちにスカートのすそをしっかり掴まれて、中腰くらいにしかなれなかった。誰か見ていないか気が気ではない。

「ぐふふ、これから家に帰ってやりまくるぞぉ。その前にちょっと……」

笹間にスカートを捲り上げられたまま、尻肉を惨く掴まれた。

「ちょっと楽しませてもらおうか」

ほかの二人にはボディシャツに形が浮き出た乳房をギュッ、ギュッと揉まれていく。

「あぁ、部屋でならいいです。外ではだめぇ……」

直美は思わず諦めの心境を吐露した。家の中で身体を弄《もてあそ》ばれるのだって絶対嫌だが、世間の人に恥ずかしい姿を晒したくなかった。

直美はまもなく車に乗せられて、ほっと安堵の溜め息をついた。

だが……。

「うちには直美ちゃんのお母さんが来るよ。ふふふ、この三人で恥ずかしくて、気持ちのいいSMを……」

笹間が運転席からどす黒いことを囁《ささや》きはじめた。

「い、いやぁ、え、S、Mなんてぇ」

後ろの座席で男二人に挟まれて、聞かされている。

「ぐふふ、縛られて、ほーら、さっき言ったろ。熱ぅーい蠟燭《ろうそく》を垂らされるよ」

「うあぁ、いやぁーっ！」

両側の二人の手がブラジャーが透けて見える乳房と、ひも一本食い込んだ恥裂を同時に愛撫してきた。感じて張形が埋まった膣もつらくなる。

そして、彼らに言い渡された。

「母娘で四つん這い。後ろからズボッ、ズボッと太くて硬いチ×ポ入れられるんだ。スケベなお尻二つ並べて、お尻の穴に、ジュッと火のついた蠟燭を押しつけられちゃうんだぞ」

直美はフロントガラスを見る眼差しが凍りついたあと、今度こそ本気でわっと泣き出してしまった。

第七章　美少女調教部屋

直美はすでに笹間の屋敷に住んでいた。母親も引っ越しのごたごたが済んで、そんなに金はかからなかったと言っていた。引っ越しの金くらい出すと笹間は言っていたらしいが、特殊な下着訪問販売で貯めていたため、お金には特に困っていなかった。それを母親は妙に自慢していた。母親ももうこの家に住んでいた。

直美は母親と二人で今、笹間の屋敷で唯一の洋間だという部屋にいた。何年か前に改築してつくった部屋だという。十畳以上ありそうで、大きなデスクがある立派な書斎となっている。

机だけでなくモスグリーンの大きな長椅子のソファも高級そうで、そんなに部屋の隅ではなく余裕ありげに机の近くにどんと置かれていた。大きな西洋絵画も壁にかけてあって、豪勢な装いの一部屋だった。

「相変わらず可愛い子だね」

直美が部屋の真ん中あたりに突っ立っていると、笹間が近づいてきた。間近から視線を感じてドキリとする。手が伸びてきて、ウェストから腰まですーっと撫でられた。

「あっ……」

いきなり身体に触られてゾクッと悪寒《おかん》が走り、思わず腰を引いた。

笹間にしばらく無言で顔を見られた。口元がわずかに歪んで笑ったように見えた。

また笹間の手が伸びてきた。スカートのすそを摑《つか》まれて横を向こうとしたが、少し捲られた。

手がすそから離れたと思ったら、さっと背後に立たれた。

「この子供とも思えない、はち切れそうなまん丸い尻がたまらんな」

「そうでしょう。よく痴漢されているようですわ」

そばにいた母親に触れられたくないことを言われた。お尻が狙われていることは以前から知っていた。痴漢だけでなく学校の教師にもじっと見られる経験をしている。

数日前、とんでもない露出プレイをさせられて、死ぬほど恥ずかしい思いと恐怖と口にできない認めたくない快感を味わわされた。そのとき母親とともにＳＭプレイをされることを予告されていた。しかもそれは母親が馘《くび》になった会社の社員まで入ってのことなのである。

　笹間という男の恐さを思い知らされる「事件」だった。直美はそのショックからまだ回復できていない状態で、今日も裸にされて身体に卑猥なイタズラをされることになっている。それは逃れられない運命だった。

　直美は丸みの卑猥な美尻がタイトスカートの生地を張りつめていた。笹間がタイトスカートが好きなようで、買い与えられている。

　大きな手で可愛くもいやらしい量感を持つ直美の尻たぶが掴まれた。

「あぅうっ、ギュッと掴まないでぇ」

　直美は首をひねって撫でられる自分のお尻を見ようとしたが、そのとき笹間はそばに来て、立っていた母親の豊臀にも手を伸ばしていた。

「可愛い尻をして、顔もととのって、妙に尖った鼻と、小さな口がセクシーでうずうずさせられるわい」

　間近から顔を見られながら、手のひらで柔らかい脂肪がついた幼い美尻をぐるぐると大きく撫で回された。

「いやぁっ！　そういうふうに、わざとするのいやぁ」

直美は腰をひねって手でお尻を庇《かば》おうとしたが、その手を摑まれて離されてしまった。さらに丸みの豊かな少女尻を平手でバシリと叩かれた。

「痛ぁーい」

直美は痛みと屈辱感で唇を嚙みしめる。

「スッポンポンで下着を売りつける女の子には、お仕置きが必要だ。むふふふふ」

後ろにいる笹間の笑う顔が眼に浮かんだ。

「まあ、そんなおっしゃり方、恥ずかしいです」

母親は自分のことでもあるからか、赤面して口を挟んでくる。直美は特に何も言いたくはなかった。

お尻から手が離れると、今度はスカートのバックスリットから左右の太腿の間に手を差し込まれた。

直美は反射的に内腿で笹間の手を挟んだが、その手が股間まで這い上がってきた。そばにいる母親を助けてと言いたいような涙眼で見てしまうが、すでに手は股間に達している。邪《よこしま》な指でボーダー柄のナイロンショーツ越しに柔らかい肉唇を凹まされ、その指を二、三度曲げ伸ばしされて幼肉をえぐるように撫でられた。

「やぁぁぁーん、さ、触らないでっ」

後ろに立ってイタズラしてくる笹間を振り返って訴える。

笹間は相好《そうごう》を崩して「むふふ」と笑いで返してきた。手はまもなく股間から抜かれたが、前に立って幼いくびれ腰に手を回されて抱き寄せられた。

「うわぁぁ」

下腹に肉棒が押しつけられた。ゴロッとした異物感で勃起状態にあることがわかった。

笹間は腰を上下動させてくるので、強張りが直美の感じるところにゴリゴリと擦りつけられた。

「し、しないでぇ、か、硬いのがぁ……」

直接おチ×ポのことは言えずに、何とか腰をひねって逃れようとした。

笹間はやがて手を離して半歩下がったが、直美は淡いグリーンのブラウスの胸のボタンを外されていった。

ショーツの青いボーダー柄がスリップの下にはっきり透けて見えている。胸は子供用のブラジャーを着けていた。直美の乳房はブラジャーを着ける必要のない大きさだが、このところ母親に着けさせられている。商品のときもあったが、今は飾りとして着けていた。

ブラウスの前がはだけられて、ブラジャーのほぼ全体が現れた。パッドの入っていない薄い生地のせいで、乳首がやや透けて見えている。

ブラジャーの上から円錐形の双乳を握られて揉まれ、ブラカップの内側に指を入れられた。柔らかい乳房に指先がめり込んだ。

「これ以上は、いやぁっ！」

直美は狼狽《うろた》えて身体をよじったが、無碍《むげ》に拒んで笹間を怒らせたくなかった。強面《こわもて》の顔に似合わず意外なほど細かい手管《てくだ》を感じる。思わず両手を自分の胸まで上げたが、笹間の手を払いのけるような真似は気が引けてできなかった。

そんな直美を嘲笑《あざわら》うかのように、浅黒い好色な手は執拗な動きを続けた。ブラカップを指で引っかけてぐっと前に引かれ、もう一方の手で乳房を二、三度掻き出すようにして、乳首をカップの外へ露出させられた。

乳頭は興奮して立っていなくても、小さなブドウの実のようにコロッとしている。ブラジャーの内側が柔らかな厚みを持ったパッドが入っていないと、擦れて感じたり痛くなったりする。

「そこ、したら……あぁ、いやっ、だめぇっ」

直美は感じると言えずにたまらず横を向くと、笹間の手が離れた。

抵抗したため笹間は機嫌が悪くなったのか、ちょっと恐さを感じる無表情に見えた。上目で顔を見上げて神妙にしていると、母親も手伝って二人でブラウスを脱がされてしまった。

笹間にブラジャーに包まれた完璧な円錐形の乳房を見下ろされている。

ブラジャーカップの底辺の少し硬い部分に指をかけられた。

カップを左右とも上へしゃくられた。

「ああっ」

白い幼乳がプルンと揺れて飛び出してきた。

正面に立った笹間に見下ろされている。これまで何度も男に見られ、いじられてきた発育途上の乳房だが、見られる恥ずかしさは強いままである。

母親に背後からブラジャーのホックを外された。乳房の上にのっていたブラジャーはさっと笹間に取り去られてしまった。

白い円錐形の乳房は生理でもないのに張っていた。乳輪の膨らみが厚く、丸みのあるピンクの乳首が硬くなっていた。

「むふ、やっぱり左の乳首にイボみたいなのがあるな」

脂《あぶら》ぎった顔つきの笹間に、前にも言われたことを指摘された。直美が秘かに抱いていたコンプレックスを刺激されたが、母親と同じで左の乳頭のすぐそばに小さなおできのような突起がある。

「敏感そうな、いやらしい形をした乳首だ」

笹間に無造作に乳首をつままれた。

「ああっ！」

やや強くつままれて引っ張られ、ねじられた。直美は笹間の手を思わず摑んでいた。

「手は下だ。気をつけしてろ」

言われて、手を体側に下ろした。乳首をひねられ、奥歯を嚙みしめて耐えるが、痛みよりも屈辱感のほうが強かった。指の爪だけで細かく陰湿に搔いて刺激されていく。乳首の快感と痛みが直美の身体をたわませる。

「ク、クゥッ……」

快感がキュンと研ぎ澄まされるように強くなった。美乳内部の乳腺まで快感が染み込んで、乳首が硬く突起した。もう涙が出そうになっていた。

「あぁ、あぁン、大人が、そ、そんなふうにいじるのいけないのにぃ」

執拗に乳首にイタズラされるものだから、つい口を突いて抵抗する言葉が出た。

心ならずも生じる快感に耐えているが、意に反して膣内でジュッと何かが分泌した。

膣が締まってくる。直美は上体をひねって逃れようとした。

「いいから、感じてしまえ。直美ちゃんはもう、エッチな子なんだから」

直美は笹間のほうを向かされて、今度は左の乳房だけ握りつぶされた。マシュマロのように柔らかい肉質の乳房が手指の動きに従って面白いほど変形した。

飛び出す格好になった乳首を口で強く吸われた。

「アアアッ！」

思わず顎が上がってしまう。乳首はしゃぶられて吸い込まれ、甘噛みされてこれ以上立たないところまで突起した。もともと厚みがあった乳輪も興奮で膨らんで、色合いがピンクに茶色が混ざった色合いで、濃く淫らに変色してきた。乳首をしゃぶられて口内でツンと尖ってくるうち、羞恥と快感で顔が火照ってみるみる紅潮してきた。

乳首の快感が膣に影響して、愛液が分泌してくる。ゾクッと鳥肌立った。

(このままだと最後までされちゃう！　それはいやぁ……)

少女を肉欲の対象としてしか見ていない笹間が乳房への玩弄だけで終わるはずはない。もう覚悟するしかないような気がしてきた。

笹間にはしばらく乳首を玩弄《がんろう》されたあと、指先でうなじを上下にそろり、そろりと撫でられた。

　顔が目と鼻の先にあるのに、唇にキスをしようとはせず、うなじや耳に触られて、感じて虫唾《むしず》が走った。いっそのことディープなキスをされて、気持ちの上で諦めさせられたほうが楽かもしれなかった。陰湿なやり方は独特で、卑猥だった。

「や、め、てぇ……お、お願いっ……」

　直美は怒らせないように気をつけながらそっと顔を背けた。すると、笹間のほうを向いた耳にフッと、息を吹きかけられた。

「スカートを脱ぐんだ」

　耳元で囁《ささや》かれた。

「あぁ……」

　直美は一歩離れて待っている笹間を上目遣いに見るだけだった。自分から脱ぐのはかえって恥ずかしくてできなかった。

「脱ぎなさい、直美ちゃん……」

　母親にスカートのホックを外された。

「あぁ」

　サイドファスナーを下ろしてしまうと、スカートはすとんと足下に落ちていった。

「おぉ、セクシーなパンティじゃないか。柄もいいねえ」

ナイロンショーツは直美の腰にピチッと食い込んで、前の小さな三角形の部分も貼り付いている。お尻はそんなには露出していないが、そのほうが綺麗に見えている。

「うーん、やっぱりいやらしい身体をしている。腰つきが普通の子供じゃない」

パンティ一枚の姿を披露して、笹間に間近から下半身に視線を這わされた。直美は両手で裸の乳房を抱き隠している。

すでにクロッチに愛液が染み込んでいた。

笹間に女体を品評する観察眼で、恥丘下部にできた少女のスジを凝視された。

直美はくびれたウェストからヒップへのS字ラインに沿って、敏感な乳白色の美肌を手でなぞるように撫で下ろされた。笹間は直美の腰つきのことを言っていたから、くびれラインにこだわったのだと直美は思った。

ゾクッと悪寒にも似た快感に見舞われて、膝を少し曲げながら身をよじった。

「ふふふ、パンツを脱いで机に上がるんだ」

「えっ……」

何を言われたのか一瞬、理解できなかった。パンティを脱いだら、一糸まとわぬ全裸になってしまう。全裸で机に上がって見られるなんて恥ずかしい。これ以上辱められたら、泣き出してしまいそうだ。

「まあ、そんなふうにさせるなんて……」

母親は何を言いたいのだろう。眼を細めて笑っているように見えるのが気になった。

笹間を含めて何度も秘部を、好きでもない、虫唾が走る好色な男に見られ、イタズラされきた。それでも高いところに全裸で上がって丸見えにさせられるのは恥ずかしい。平気で見せたりはできない。

「さあ、早くパンティを脱いで、机に上がるんだ！」

語気荒く言われて観念した直美は、パンティのゴムに両手の親指をかけて、どスケベな視線を気にしながら下ろしていった。


直美はとうとう全裸になってしまった。地に足がつかない震えるような羞恥と屈辱感に支配されている。

笹間に従っておずおずと右脚を机の上に乗せた。脚を上げたとき股間が開いて笹間の好色な視線を感じたが、恥辱のなかで机に上がった。

「大股開きでな。むふふふ」

あからさまに言われて、いやっと言う口の形になった。だが、声は出なかった。

唇を噛みしめて、顔を背けながらM字に開脚した。

「もっと大きく開け」

直美は足首を摑まれて左右に引っ張られた。

「ああ、そんなっ……」

両脚を引っ張られてかなり開いたが、さらに左右の膝を手で押し分けられて大きな開脚となった。

股間はあからさまに露出させられたが、机に後ろ手をついて身体を支えている直美は気持ちがめげて秘部を手で隠すこともできずにいた。自分で秘かに恥辱の行為に浸るのとはわけが違う。机の上で破廉恥なポーズを取らされて晒し者になり、羞恥に身を揉んでいる。

「自分の指でクリトリスを剝き出しにしてみせろ」

「ええっ」

さらなる辱めの命令がなされて、直美は狼狽《うろた》えてしまう。その名称はこれまで名前を言われてそこをいじられていたから知っていた。見られながら包皮を剝いて陰核を出す。そんなこと恥ずかしい。ブルッとかぶりを振って恥じらうばかりだ。

直美がぐずぐずしていると、笹間の手がすっと股間へ伸びてきて細長い三角帽子の包皮を親指で圧迫された。直美は眉を歪めて下を見つめる。

指で押さえられたところは見えないが、包皮をぐっと押し上げられるのを感じた。

「あっ、いやぁぁ！」

直美はにわかに狼狽えて上体を起こした。

「ほーれ、淫らな肉豆が出てきたぞ」

小さな包皮がくるっと剝けた。ピンク色の陰核亀頭が顔を出していたが、もちろん肉芽は直美に見えていない。ただ痛いほどその恥辱を感じている。

「さあ、こんなふうに自分の指で剝いておいて、擦ってオナニーしろ。直美ちゃんならできるはずだ」

言葉が心に突き刺さってくる。見られながらのオナニーなんて恥辱そのものだが、秘部を晒してしまってもはや拒めない気持ちになっている。

直美は恐るおそる恥裂へ指を伸ばした。人差し指の腹で肉芽を押さえる。

伸ばした指をゆっくり上下に動かしはじめた。死にたいような恥ずかしさのなかでも、指の腹で押さえて擦ると、肉芽は切なく感じてしまう。ピクンと腰が痙攣した。

「もっと擦れ。愛液が溢れてくるまでな」

いやらしい言葉に翻弄されていく。笹間が揶揄《やゆ》して言うように、強い快感で愛液が分泌しそうだ。羞恥から肉芽を揉む手がついつい緩慢になる。

「ちゃんとやらないか！」

ぴしゃりと言われて、手の動きを速くした。母親がもう笹間を認めてちょっと笑ったような顔をして見ている。指で肉芽を刺激するオナニーは中指を使うが、今は前後にすばやく擦ってはいても、人差し指の腹で力は入れずに単調に行っていた。

笹間の顔をちらっと見ると、眼差しに不満が表れていて、焦れてきているのがわかった。

「もういい。わしがやってやる」

膨らんで包皮から露出した陰核を指で盛んに擦られていく。指先だけでなく爪も当たって、ピクンと腰の痙攣になって反応した。

「ああっ、し、しないでっ」

悶えて首を振るが、快感で身体全体がぐらっと揺れた。

「襞びらが大きいな」

そう言うと、母親が小陰唇をつまんだ。それは直美にとってややショックだった。

引っ張られて見えてきた裏側の粘膜を、笹間に指で撫でられて、無言で身体をよじらせた。

邪悪な指が膣口に着地した直後だった。長い中指がズブズブと入ってくるのを感じた。

「あぁーっ、だ、だめぇぇ！」

奥の奥まで挿入された。指を出し入れしてくる。身体に力みが入って、膣が締まっていく。同時に母親に指先で肉芽を揉まれた。

「お母さんっ、何するのぉ」

「もう、辰夫さんとは夫婦、直美ちゃんは辰夫さんの娘よ。この人の世界に入っちゃってるのよ」

「いやっ、わからないわ」

直美は笹間に支配されて飼い馴らされていることは自覚していた。

（あぁ、でもぉ……夫婦で娘にエッチなイタズラをして、か、感じさせるなんてぇ！）

そう叫びたい。だが、その気持ち今は空回りするばかりだった。

「一番キュンと来るのはどこだ？」

笹間が指を少し引いて、膣のそれほど深くないところでぐっと上へ曲げてきた。

グリグリと指で膣壁をえぐられて、感じるポイントを探り当てられた。

「あっ、あぁぁ、あぁーうっ！」

Ｇスポットを直撃されて直美は身体が硬直した。肉芽の発情快感と合体して、刹那《せつな》目の前が白むほど感じた。

まだ小さい秘壺をほじくられ玩弄されて、嫌悪感と恥辱が強くなる。それでも快感には勝てず、手で拳をつくって耐え、顎をガクガク震わせた。

「いやらしい悶え方をする子だ」

笹間の指で感じるところを正確に捕捉されている。力の強い中指の先で前後に揉み込まれていく。単調に繰り返される愛撫だが、かえって快感が昂ってきた。

母親にはまだ指で肉芽を揉まれていた。その快感もキュンと来ている。

笹間の指が上へ曲げられて、膣壁が強く圧迫された状態で、中指が細かく曲げ伸ばしされていく。恥骨の裏へ向かって膣壁をグリグリとえぐられてしまう。

「ひンッ、ひぃぃっ……そ、それ、しちゃだめぇぇっ……」

急につらいような快感が襲ってきた。快感のポイントであるＧスポットを執拗に責められている。女の淫らな性のツボに力の強い中指の先が命中していた。

指先でポイントをぐっと押し上げておいてしばらくその状態が保たれ、ジワリと感じてくる。

細かくすばやく前後に擦られた。さらに小さな円を描いて揉み込まれていく。

（はぁう、このまま続けられたら……だ、だめぇぇ！）

額に汗が噴き、背中も汗ばんできた。

Gスポット快感にクリトリス快感が重なって、絶頂が訪れようとしていた。

膣壁は愛液で湿潤となって、膣穴からとろみが溢れ出てくる。無理やりされても、女は感じてしまう。憤りを感じるが、今はどうすることもできない。デスクの上で上体をきつくよじらせた。

（も、もう、イクゥ――）

目の前が白んだ。

と、膣から笹間の指が抜かれた。

「むふふふふ」

笹間は陰湿に笑っている。故意に快感を長引かせようとしているような気がして、少し顔を起こして笹間のほうを窺《うかが》った。

指を抜いた笹間は、直美の股間に顔を埋《うず》めてきた。

笹間の口が秘唇に吸着した。ネロネロと膣粘膜を舐められていく。

「いやぁーっ！」

思わず手で笹間の頭を押して離させようとした。

「だめよ、そんなことしちゃ」

母親が直美の手を摑んで離させようとする。直美は母親に手を摑まれても、まだ笹間の顔を離させようとして抗った。

「いいんだ」

笹間が言うと、母親は手を離した。抵抗されながらやりたいというような気持があるのだろうか、秘穴から肉芽まで幾度も執拗に舐め上げられた。

「だ、だめぇぇーっ。あああぁっ……そ、そこを舐めるのは許してぇ！」

敏感な陰核亀頭を大柄で強面の笹間に似合わない舌先の器用な動きでチロチロと舐められていく。肉芽は熟した木の実が割れて実が出てくるように突起させられた。秘壺をヌラヌラにさせて、挿入への準備をととのえようとしている。狂おしいような快感が幼膣と肉芽で弾けていく。

（ひい、イッちゃいそう――）

腰をよじらせて、笹間の指技から逃れようとする。腰肉と臀筋が引き攣り、膣壁がギュギュッと反射的に強く収縮した。同時に愛液が淫らに垂れ漏れた。

「イッ……クッ……だ、だめぇっ……あぁぅっ！　はぁあぅぅぅーっ！　イクゥゥーッ！」

快感が絶頂に達し、脳天を貫いた。少女の貝がポカァと口を開けて、中身の複雑怪奇な襞を披露した。

笹間に閉じかけた内腿を手で左右に押し分けられた。強引に開脚させられると、晒される股間を手で隠す心の余裕も失ってしまった。媚肉が愛液で滑り光っていた。

「直美ちゃん、いけないい子ねえ。こんな恥ずかしい目に遭いながら、感じてイッたわね」

母親の言葉が恨めしい直美は、恥辱から脚を閉じようとした。だが、痺れて脚をガバッと開いたまま閉じることもできなかった。

無理やりでも敏感部分を刺激されると、女の弱点として快感は避けられず、愛液を溢れさせ、嘲笑されても絶頂に達してしまう。その恥辱を思い知らされる形になった。

直美は冷たい大きな机の上でしばらく身体をぐったりさせていたが、笹間に言われて床へ下りると、背中を押されてモスグリーンのソファのほうへ促《うなが》された。

「四つん這いになれ」

命じられて、直美はバックからおチ×ポで犯される……と、俄《にわか》におののいた。

鼻息荒く命じてきた笹間は有無を言わさない顔つきになっている。そんな笹間とは眼を合わせることすら躊躇《ためら》われた。

全裸の直美は二人の眼を異常なほど気にしながら、スプリングの利いたソファの上で四つん這いのバックポーズを取った。

「まあ、いやらしい格好ね」

母親の笑い混じりの声が恥辱の責めになる。全裸の四つん這いが淫らだと言いたいのだろうが、好き好んでそうしているわけではない。母親は終始嫌味で辱めるようなことを言ってくる。笹間の側について俄然いやらしさを増してきた母親に直美は耐えられない。

直美は笹間にバシリとお尻を叩かれた。直美は唇を嚙む。すぐにズボンを脱ぐ音が聞こえてきた。振り返って笹間を見る勇気もない。

「これまでたくさんの少女とやってきたが、おまえが一番いい味を出す子だ」

前に言っていたアジアの少女とか、日本でも無理やり森の中で犯した子のことを言っているのだろう。それも嫌だが、背後から迫ってくる気配がして怖気が振るった。

「頭を下げてソファに顔をくっつけるんだ」

肩を押されて上体を前に屈《かが》めると、顔がソファについて少しざらざらした。前屈みのためお尻が上がってくる。

「将来むっちりした大きな尻になるな。尻がエロな女はバックからやられることが多いだろうな」

背後からお尻を両手の十本の指でそろりそろりと撫で回されていく。おぞましいような快感で振り返ってしまい、ニヤリと笑って見てくる笹間と眼が合った。撫でられる自分の美尻も視野に入って、一瞬次に何をされるか想像してしまう。

笹間に差し出すように上げたお尻に、グイと指が食い込んだ。

「あひぃ」

乳房の次は、お尻を鷲摑みにされた。

たっぷり脂肪のついた臀部を両手で捉えられた直美は、いよいよ挿入されると覚悟した。尻を摑んだ手が片手だけ離れたので、笹間がその手で肉棒を持ったのではないかと思った。

「カウパーが出てますね。射精の前の先走りが」

母親のぞっとする言葉だった。

膣口に亀頭の感触を受けた。

（あぁっ、来る！）

眼差しが凍りつく。

海綿体が充血してパンパンに張った亀頭が、膣内に埋まってきた。

「あぐぁああっ……あはぁあっ……だ、だめぇぇぇっ……」

好きでもない人にされるなんて、いやぁっ――。心の叫びは声になって出ることはなかった。勃起した肉棒をゆっくりとだが、確実に深いところまで挿入されていく。

直美は眉間に細い皺を寄せて挿入を悩ましく味わい、肉棒が膣底まで達したところで「いやぁあうぐっ！」と、嘆くような苦しいような喘ぎ声を漏らして、強い挿入快感の反応を披露した。

だが、肉棒は根元まで完全に挿入されてはいなかった。腰骨がしっかり摑まれて、笹間が腰のポジションを調えたようだ。

尻肉に指が食い込む力が強くなって、特に肛門の近くに食い込み、その皺のある小穴が横へ少し伸びて歪になった。そんな状態で肉棒がズボズボと抽送されていく。

子宮口に亀頭がぶつかったあと、そこからずれて上へ突き上げられた。

グッ、グッと二回肉棒を押し込まれた。

「許してぇ！　だ、だめぇっ……アアアアアーッ！」

膣の底の行き止まりを亀頭が押し上げて、子宮も少し歪められている。顎が上がって上体も逆海老に反ってきた。

「はい、根元まで入りました」

母親の聞きたくない言葉だった。さっきから母親にいちいち口に出して恥辱に満ちた状態を説明されている。肉棒を完全に体内に没入させられたことがわかったが、横に立った母親をちらっと見ると、肉棒の挿入と直美の顔を交互に見ていた。

直美はガクガクッと肩まで痙攣が襲い、開いた両脚をたまらず閉じてしまう。刹那何も考えられないような眼差しになって虚空《こくう》を見つめた。

「あぁうはぁぁぁ……」

口から気が抜けていくような溜め息に近い快感の声が漏れた。

肉棒をゆっくり引かれた。直美は涎も出ていたが、そんなことを恥じらう余裕もなく、口をずっと半開きにしたまま喘いでいた。

「はぐうっ！」

ズニュッと鈍いような音とともに、一気に挿入された。

笹間は肉棒をことさら深く嵌めようとしているようだった。嗜虐的にバックから肉棒を出し入れされて、快感で腰がきつく反ってくる。

そこを、笹間は腰に反動をつけて何度も肉棒で突いてきた。

「あっ、ああああああーっ！」

直美の膣壁が笹間の肉棒をギュギュッと締めた。

肉棒の高いカリの部分で膣壁を摩擦され、膣口まで掻き出されたと思ったら、ズンッと子宮まで一気に没入した。

「あぎゃ、許してっ……」

顔をしかめて首を振りたくった。

肉棒をピストンされるうち、拒んでも感じる快感によって身体をくねらせてしまう。直美は顔が上がり、口を開けたり閉じたりして、まるで肉棒の抽送を欲《ほっ》しているかのように淫らに見えた。

母親に乳房を横から絞るように握られた。

「ああーう」

やめてという眼で母親を睨むと、

「感じて乳房も硬く張ってきています」

母親が笹間の顔を見て笑うように言うので、握られた乳房の痛みが身にしみた。肉棒が根元まで挿入された状態で、身体を前へ傾けてきた笹間にその絞られた乳房を楽しそうに覗かれた。

ソファに顔と肘をつけていたが、苦しくなって、顔を起こしてソファから落ちないように両手でしっかり身体を支えた。

笹間に腰骨を摑まれて、バックから肉棒を抽送されていく。

「あはぁあン！」

直美は顎が上がって淫らな声を披露した。快感が昂《たかぶ》るにつれて自然に上体が起きてきた。

ガクッと身体を震わせる。抽送がさらに激しくなって、半泣き顔で背後の笹間を振り返った。

ソファの上で四つん這いになっている直美は、肉棒でズコズコと一秒間に三回くらいは突かれていく。

「正常位にしてみよう」

笹間は母親を手伝わせて、直美の身体をぐるっと正常位に返した。

肉棒が挿入されたままなので、身体が回転すると膣内で肉棒も回転する形になって膣壁がえぐられた。

「はあぅうーっ！」

直美は眉間に皺を寄せて、体内でぐるっと回る肉棒を味わった。

直美はソファに座らされ、大股に開いて、脚が床へと投げ出されている。

笹間はいったん肉棒を抜いた。何をする気だろうと気になって笹間を見上げていると、秘部の左右に両手をベタッと置かれて、横へ恥裂を割り開かれた。

「ああっ、だめぇっ」

膣穴を露出させられて、顔を近づけて覗かれる。恥辱に悩乱してしまう。

さっきまでバックから徹底的にピストンしまくったのに、今そのしごいた膣を眺めようとする。笹間の異常さに狼狽《ろうばい》させられた。ただ、じっくり見られても、もう開脚しておかなければならないような気持ちに陥っている。

まもなく前から被さってこられて、身動きできなくなった。

笹間は両手を直美の体側について身体を支え、手を使わないでビンと勃った肉棒で正面から狙いをつけてきた。そういうやり方で楽しもうとしている。亀頭のすぐ前で、直美の膣は暗い洞穴を覗かせている。

「されたいか？」

その言葉で顔をそむけると「それっ」と声をあげて、肉棒を一気に嵌め込まれた。

「あうあぁぐっ……」

子宮までズンと無造作に入れられたため、刹那腹筋で上体を起こしてしまった。出し入れされる肉棒の周囲を赤く充血して膨らんだ小陰唇が取り巻いている。

抽送されながら、何度も笹間の顔を見上げた。肉棒が没入してくるところを見て、また笹間の顔を見る。顔と肉棒を交互に見てしまった。

綺麗な円錐形を見せる乳房を握られて、柔軟に変形させられた。

「あ、あン、ああっ……い、いっ……」

いいと口走ってしまいそうになった。終始眉を歪め、眉間に細い皺を寄せている。笹間に腰に手を回され、抱き起されてソファに深く座り直された。

「何をする気ぃ？」

ハッとして笹間の顔を見上げた。眼の鈍い輝きが気になる。両方の足首を摑まれたと思ったら、大きく百八十度に開脚させられた。

「ああっ、いやぁーっ！」

開脚で股間が平たくなった。剝き出しの幼肉を見下ろしされている。もう開脚は仕方がないにしても、そのやり方が故意に羞恥させる意図のある強引なやり方なので、屈辱感から涙ぐんでしまう。

脚は最初手で摑まれて広げられていたが、手が離れても直美は開いたままになっている。大股開きだと、肉棒が奥まで入ってしまう。それはわかっているが、バックでやられたときから無理やりの支配感で観念する気持ちに傾いていた。直美は大きな開脚を続けてしまう。被虐の思いが強くなって、そんな表情が顔に張りついてしまっている。

濃く色づいたクリトリスと包皮がはっきり見えてきている。長いクリ包皮の鞘が卑猥感を醸し出し、よれた襞を持つ貝の肉が淫らに濡れて、暗い入り口にヌラヌラの肉棒が出入りしている。

「あっ、はっ……はぁあっ……」

快感が昂ってきて、つぶっていた眼をかっと見開いた。

「はぁあうぁあぁーっ」

ズコズコと激しくピストンされているが、入ってくる肉棒に巻き込まれることによって幼肉の一帯が凹んでいく。小陰唇の襞が見えなくなり、その周囲が陥没を繰り返しながら、ビジュッと愛液の飛沫が飛んだ。

笹間に淫らになった表情を確認するように見下ろされ、ズボッ、ズコッと確実な深い挿入を連続して受けた。

直美は笹間ののしかかってくる大柄な身体の下で、白肌が火照ってピンク色になった肢体を快感と恥辱からうねるように悶えさせた。

肉棒を抽送されて愛液が分泌すると、股間全体がヌラヌラ光ってきた。繰り返される激しい抽送をいっとき無言で耐えた。

ピチャピチャという穴音が漏れて、自分にも聞こえてくる。

「うふふっ、やらしい音がしてる」

母親に言われて直美は身悶えてしまいそうになる。心はすでに悶えて息も荒かった。

挿入された肉棒で角度と深さを考えて一番感じるところを探られているのだと思った。それがおぞましくて鳥肌が立ってくる。やはりGスポットを狙って亀頭で擦り上げてくる。

（そ、そこは……いやぁっ！）

叫びたいが、声は出なかった。代わりにおぞましい気持ちから首を振りたくった。反りのある肉棒だから、単純にまっすぐ挿入しただけでGスポットに当たった。

そこを責められることを拒みたいが、直接的には言えなかった。浅いところでは亀頭に意識を集中させているようで、忙《せわ》しなく速度を上げてズコズコと連続して細かい出し入れを繰り返された。

「おうう、襞が、ぐちょぐちょと絡んでくるわい。締まりもいいぞ」

言われたくない言葉だった。自分の淫らな膣肉で男のペニスに悦びを感じさせてしまうのは耐えられない。

「い、いやぁぁ……」

顔が泣くような表情に変わり、ぐっと奥歯を噛みしめて気持ちの上だけでも抗《あらが》う。

だが、肉棒が笹間の好む深い挿入へと進み、子宮近くまで勢いよく亀頭が侵入してきた。

「はうあはぁうぅーっ！」

直美は淫らにわななき、顎が上がってしまった。

「ほーれ、発情しよった」

罵《ののし》られても、もはや快感に抵抗することができなくなった。オナニーのときのように快感から気を逸らすようなことはできない。抽送されるたび亀頭がGスポットを鋭くえぐって、さらに奥までズブッと侵入し、引いては掻き出され、押し込まれて子宮をつぶされた。

「あぁあうううぅぅーっ！」

直美は赤い唇を開いて、長く尾を引くような淫らな声を奏でた。快感が高じて絶頂を準備しはじめた。粘膜や括約筋などの牝肉の悦びが止まらない。

（このままだと、イカされちゃう！）

直美は逃れられないと思った。絶対嫌なのにイカされてしまう。全裸訪問販売という弱みを握られて無理を通され、犯された挙句に絶頂感を味わわされる。しかもそれを母親が笑って見ている。

反射的に括約筋が締まって笹間の肉棒をギュッと絞る。感じっぱなしだから少しでもその随意筋に力を入れたら、一気にアクメに達する気がする。おののきながら下半身の女肉の力を抜こうと試みるが、絶頂直前の快感が積み重なってきた。お尻の穴まできつく締まって、淫靡な８の字筋が絞り込まれた。

「あぁあああっ、イヤーッ、あぁうーっ！」

摑まれた両脚はぐっと高く上げられて、肩に担がれた。まんぐり返しにされて「あぁン」と狼狽える。

肉棒は抜けていて、またゆっくり前屈みに接近してくる。ブックリ膨らんだ大きな亀頭がヌイッと赤く腫れたような膣口に接近着地した。

「いやぁ、来ないでぇ」

笹間は手を使わずに腰の動きだけで肉棒を操作して、ぐじゅっと嵌めてきた。直美はもう抵抗せずに膣の位置を動かさなかった。観念していたのだ。

「そのままズブッと……」

母親が面白そうに言うと、すぐそのとおりに笹間が身体を前進させて、体重をかけてのしかかってきた。

「はぁあうぅぅーン！」

またずっぽりと肉棒の根元の毛の生えた基底部まで、直美の体内に収められた。やはり熱を持った亀頭が子宮口を圧迫してビクンと直美の腰の引き攣れになって反応し、それを笹間はじっくり見ながら腰の上下動を再開した。

「こうしましょう」

と、急に母親が言って、ソファの背もたれの裏に回り、直美の脚を摑んで引っ張った。

「ああっ、何をするの！」

直美の両脚は背もたれのほうに引っ張られて、よけい股間が上を向く格好になった。そこを笹間が腰のポジションをもう一度ととのえてきて、もっと深く上から被さってくるかたちになった。

「だめぇぇーっ」

肉棒をブスリと深く挿しておいて、腰を回してくる。クリトリスに剛毛を擦りつけられた。ズコズコと急角度でピストンされていく。

「むおぉ、これはいいぞ。このまま最後まで行くか」

笹間は言ったとおり、最後の詰めに入ったらしい。母親に手伝わせて存分に肉棒を嵌め込んでくる。母親はさらに直美の脚を左右に開いて、背もたれのほうに引っ張って固定させた。

直美はまんぐり返しの格好で、しかも開脚がきつい恥辱のポーズでフィニッシュを迎えさせられていく。

肉棒のピストンが激しさを増してきた。

「ほれ、ほれぇ」

笹間は額に汗を噴いて、眦《まなじり》を裂く形相で直美を見下ろしながら、狂気じみたように腰を激しく前後動させてきた。

「あぎゃあっ、あうあがぁあああーっ」

直美は逃れられない観念に陥っていく。今自分の身に起こっていることから意識を飛ばしてしまいたかった。

「すごいわ。感じまくっちゃって」

母親の声も耳に入ってくる。

「締まってくるぞぉ」

膣圧の高まりを言われた。それは自分でもわかっている。膣口と尻穴を取り巻く8の字筋が絞り込まれていく。快感が高まってきて、ギュッと膣肉に力が入ってしまうのが情けない。心で拒否していても、どうしてもそうなってしまう。乳首がさらにツンと硬く尖ってきた。

（イクのはいやぁっ！）

絶頂が近くなった。

肉棒による膣肉の摩擦で、腰から背中にまで快感の痺れが襲った。

快感が膣奥まで浸潤してじわじわ熱く昂り、「あうーん！」と、頭をグンと勢いよく上げながら、一気に燃え上がった。

「イッ……クッ……アァアアアッ！」

直美の口から肉悦の声があがった。イクと言いかけたが、その言葉はかろうじて口にせず、呑み込んだ。

「おうぐあっ……むおおっ……」

身体の上から、笹間がおぞましく吠えてきた。

亀頭で膣底を押し上げられていく。

「出さないでっ――」

子宮口にビチャッと精液をかけられた。

直美は凍える瞳で虚空を見つめた。

ドビュッ……ドュビュッ……ドビュルッ……。

胎内で熱液の噴出が繰り返されていく。

「だめぇぇっ、イ、イク、イグゥ……はうあぁああぁーうっ！」

直美は絶頂に達した。肉棒がズンッと奥の奥まで届くのを感じ、そのたびごとに射精されていく。

「あンはぁっ、はうっ、あうあぁーん！　ヒググ、イクゥゥーッ！」

子宮内部に、熱い精汁がズビュ、ビュッと入ってくる。膣がひとりでに肉棒を締めつけ、ビクン、ビクンと尿道の脈打ちを感じて、快感が脳天へ突き抜けていった。

顎が恥ずかしく上がっている。背も弓なりになった。

直美は嬲られ抜いた生殖器の恥辱と快感でアクメに達し、脳内が蕩けてしまった。

「よかったわ、生理がまだで。赤ちゃんができちゃうところよ。うふふ」

そばで見ている母親に笑いを込めて言われた。精汁の熱と粘りを子宮で味わわされて、孕《はら》むような気持ちになった。

ズルッと、肉棒を抜かれた。

直美は口が半開きのまま「はあはあ」と息も荒く、視線が虚空をただよっている。瞳は涙で濡れ光り、顔には恍惚感が溢れていた。

笹間による無理やりの挿入と中出し射精はこれで二回目だった。恥辱のなかで快感に搦《から》め取られ、屈従させられた。

直美は脱力した上体をソファに投げ出して、肩まである艶々した黒髪を乱れさせている。その身に起こったおぞましい絶頂感に嗚咽《おえつ》しながらも、火照った幼膣はまるで抜けていった肉棒を愛おしむように、ギュッ、ギュッ、ギュッと、リズミカルな収縮を繰り返している。

「い、いやぁ……あぁ、いや、いやぁぁぁ……」

直美は涙声で嫌と言いながら、力なく首を振っている。自分自身の存在すら否定したい気持ちのあらわれだった。

「口で嫌がっても、身体は正直だな。愛液の洪水で、最後はイクゥと言って達したじゃないか」

笹間にある種決まり文句のような言い方で揶揄された。思い出すのは処女喪失のときのことだ。直美は疼痛がひどかったのに念入りな愛撫のせいもあって、愛液がかなり出てしまった。それは目くるめくときめきの体験でもあったが、笹間によるいやらしい辱めでもあった。今回も同様に愛液が溢れ出した。しかも無理やりの激しい抽送の果てアクメに達した。

白濁液と愛液が混ざった少女の淫液が、充血肥厚《ひこう》した幼膣から今、ねっとりと垂れ漏れてきた。

◉新人作品**大募集**◉

マドンナメイト編集部では、意欲あふれる新人作品を常時募集しております。採用された作品は、本人通知のうえ当文庫より出版されることになります。

【応募要項】 未発表作品に限る。四〇〇字詰原稿用紙換算で三〇〇枚以上四〇〇枚以内。必ず梗概をお書き添えのうえ、名前・住所・電話番号を明記してお送り下さい。なお、採否にかかわらず原稿は返却いたしません。また、電話でのお問い合せはご遠慮下さい。

【送付先】 〒一〇一－八四〇五 東京都千代田区神田三崎町二－一八－一一 マドンナ社編集部 新人作品募集係

昭和美少女《しょうわびしょうじょ》 強制下着訪問販売《きょうせいしたぎほうもんはんばい》

二〇二二年 八 月 十 日 初版発行

著者◉高村マルス【たかむら・まるす】

発行◉マドンナ社
発売◉二見書房
東京都千代田区神田三崎町二－一八－一一
電話 〇三－三五一五－二三一一(代表)
郵便振替 〇〇一七〇－四－二六三九

印刷◉株式会社堀内印刷所 製本◉株式会社村上製本所 落丁・乱丁本はお取替えいたします。定価は、カバーに表示してあります。
ISBN978-4-576-22103-8 ◉Printed in Japan ◉

マドンナメイトが楽しめる! マドンナ社 **電子出版**(インターネット)……https://madonna.futami.co.jp/

Madonna Mate